COLLECTION

L'IMAGINAIRE

Henri Calet

Les grandes largeurs

BALADES PARISIENNES

Gallimard

Henri Calet est né à Paris, le 3 mars 1904, d'un père parisien et d'une mère flamande. Il passa une partie de son adolescence en Belgique occupée. Études secondaires. Après ses études, il exerça divers petits métiers : clerc d'huissier, employé, etc. Il fut aussi correcteur d'imprimerie.

Séduit par les voyages, il parcourut plusieurs pays, séjournant dans certains pour y enseigner le français. Mais c'est surtout Paris qui l'a toujours attiré, en particulier le Paris populaire, qu'il a souvent décrit, notamment dans *Le tout sur le tout.*

Il fit ses débuts dans une petite revue : *Avant-poste,* puis, au cours d'un voyage aux Açores, il commença d'écrire son premier roman : *La belle lurette,* que Jean Paulhan lut et fit recevoir aux Éditions Gallimard en 1935.

Cet ouvrage fut suivi du *Mérinos* en 1937 et de *Fièvre des polders* en 1940.

Fait prisonnier en juin 1940, il s'évade après sept mois de captivité : de ses souvenirs, il tira *Le bouquet,* qui ne parut qu'en 1945. Durant cinq ans, négligeant quelque peu la littérature au bénéfice de l'industrie, il exerça la profession de statisticien, puis devint directeur d'une usine de céramique électrotechnique.

Il rentra dans sa ville en 1944 et commença une carrière de journaliste (un journalisme d'ailleurs assez particulier) à *Combat* et dans d'autres journaux et périodiques. Il collabora aussi à la radio et à la télévision.

Henri Calet a, en outre, publié : *Les murs de Fresnes, Trente à quarante, Rêver à la Suisse, L'Italie à la paresseuse, Monsieur Paul, Les grandes largeurs, Un grand voyage, Peau d'ours,* ouvrage posthume et inachevé.

Henri Calet, comme par un clin d'œil du destin à celui qui aimait peindre le petit peuple, ses peines et ses fêtes, est mort un 14 Juillet, en 1956.

I

J'en fais volontiers l'aveu : j'ai toujours été attiré par les quartiers riches. Parfois, quand l'envie est très forte, je me décide à y aller. Il me faut alors faire la traversée de Paris en autobus, du XIVe au XVIIe, du sud à l'ouest. Et je ne sais rien qui me donne un plaisir plus complet ni plus sûr que ces équipées.

C'est d'ailleurs autant de gagné sur notre apocalypse en chambre.

Le « 28 » s'arrête au coin de l'avenue du Maine et de la rue Mouton-Duvernet (une partie de cette rue se dénomme depuis peu : Ripoche, en souvenir d'un homme décapité à Dusseldorf, en 1944). Les bureaux de la perception, aux fenêtres grillées comme celles d'une prison, se trouvent en face. Ce qui me rappelle que j'ai reçu dernièrement un commandement par huissier dans quoi il est signifié, entre autres choses, que « faute par lui d'effectuer ledit paiement, il y sera contraint par la saisie et vente de ses meubles et récoltes ». « Lui », c'est moi. Il est à craindre que le percepteur n'aille au-devant d'une première déception en ce qui concerne mes meubles. C'est pour lui en épargner une seconde, plus vive, que je tiens à déclarer tout de suite, et publiquement, que je n'ai de récoltes ni sur pied ni dans mes greniers. Mais ne parlons plus de cela, aujourd'hui.

A ce carrefour, en été, il y a souvent un concours d'enfants autour du « Train bleu » qui s'est installé à la place même où, les années précédentes, nous n'avions qu'un simple manège de lapins et de chevaux de bois manœuvré à bras par un vieillard déjà oublié.

C'est un petit train composé d'une locomotive et de deux wagons : la « Flèche d'or » et le « Pullman-express », qui tourne en rond. Mais tous les trains ne tournent-ils pas en rond ? Ne se retrouve-t-on pas, tôt ou tard, à son lieu de départ ?

Au coup de cloche, le convoi démarre, après que la patronne a poussé de l'épaule la voiture de queue. Les parents font des signes d'adieu et des sourires. Bien que ce ne soit pas encore une vraie séparation, c'est pourtant un peu triste. Le circuit coûtait dix francs l'an dernier ; il coûte quinze francs à présent ; il coûtera vingt francs l'an prochain.

L'autre jour, un garçon, légèrement enivré de vitesse, a crié :

— En Amérique !

On a tous voulu partir, étant petits... J'y suis allé, en Amérique. Ah ! j'ai été un grand voyageur avant que de m'établir au Petit-Montrouge. J'en ai parcouru des kilomètres de terre et de mer. Quelle vie j'ai menée ! A bride abattue, à toutes guides ! J'en ai crevé des montures. Tandis que maintenant je n'ai plus qu'une rosse efflanquée dans les brancards. Vais-je pouvoir pousser très loin en cet équipage ?

A vingt-cinq ans, j'ai voulu connaître le goût de l'aventure (il est salé) ; je me suis embarqué pour le Brésil, à la recherche d'un frère utérin que je n'avais jamais vu et je l'ai finalement rencontré dans une bourgade frontière de l'Etat de Rio Grande do Sul. Il nous est apparu presque immédiatement que nous n'avions pas grand'chose à nous dire ; j'avais fait inutilement une longue traversée. Nous sommes convenus d'aller achever la journée dans un cinéma ; après quoi nous nous sommes quittés. Il m'arrive cependant de repenser à ce demi-frère brésilien, roux, d'allure sauvage.

Les autobus se succèdent sans que je m'en aperçoive.

Par beau temps, et lorsque je me sens au mieux de ma condition physique, je fournis l'effort d'aller à pied jusqu'à ce que l'on nomme le sectionnement, rue Raymond Losserand, ci-devant de Vanves. Je ne suis pas du tout opposé aux exercices corporels ; cela me dégourdit l'âme. Par surcroît, ces petits succès remportés, à bon compte, sur moi-même, me sont bien agréables. On a tort de croire généralement que je n'ai pas d'énergie morale. Et j'en viens à un autre aspect de la question : tout en lambinant, je réalise un bénéfice matériel d'un ticket. C'est un trait de mon caractère : je me suis toujours plu aux économies de bouts de chandelle.

A ce jeu, j'étais parvenu, en quelques semaines, à amasser ainsi, pas à pas, une bonne douzaine de tickets ; j'étais content... Mais, par malheur, alors que je me trouvais, il y a trois jours, sur la plate-forme d'un autobus, une rafale a emporté un carnet presque intact que je tenais à la main. Je l'ai vu s'envoler, puis tomber sur la chaussée humide. Le receveur m'a dit avec flegme :

— Ça arrive.

Oui, sans doute ; mais cela ne m'était pas encore arrivé. J'ai eu passagèrement l'impression d'être l'objet d'une grande injustice. A qui s'en prendre ? En tout cas, on a une drôle de façon de récompenser l'énergie morale, ici.

2

Il me faut une place sur la plate-forme, contre la rambarde, sinon je ne m'amuse pas.

Nous voilà partis...

L'avenue du Maine est large et bordée d'arbres qui ne sont ni des marronniers ni des platanes ; je n'en connais pas le nom. La plupart des constructions datent des années quatre-vingt-dix ; ce n'était pas l'âge d'or de l'architecture. Il y passe peu de gens. Dès la venue du soir, elle est dépeuplée tout à fait, et sinistre. Elle était naguère mal famée, dit-on. Esther y a toujours peur, un peu, même à mon bras. En résumé, c'est une avenue triste. Il est des avenues tristes, on ne saurait bien expliquer pourquoi ; de même qu'il est des personnes tristes... Non, je ne l'aime pas.

Sur une façade à loggias, il y a une plaque de marbre :

ANDRÉ LAMANDÉ
POÈTE ET ROMANCIER
A VÉCU DANS CETTE MAISON DE 1919 À 1933

J'ai grande honte d'écrire que je n'ai pas lu les œuvres de ce voisin ; je me répète souvent qu'il faut que je m'y mette.

On dépasse le garage des corbillards ; on arrive rue Raymond Losserand. Une des conséquences de la guerre a été le changement de l'appellation de nombreuses rues — un héros chasse l'autre — les habitants ont également changé.

Le cimetière — j'ai dit que c'est une avenue triste, on entr'aperçoit le dernier moulin de Montparnasse. Sur une maison d'un étage, il y a une autre stèle commémorative dont j'ai appris, peu à peu, le texte par cœur :

ICI SONT MORTS
VICTIMES DE LA SCIENCE
SEVERO
AÉRONAUTE BRÉSILIEN
ET LE FRANÇAIS
SACHET
CHUTE DU DIRIGEABLE
PAX
LE 12 MAI 1902

Sur la même façade, aujourd'hui repeinte et modernisée, il a subsisté longtemps une ancienne inscription commerciale :

CORSETS POUR DAMES

Au fond de la cour, se trouve encore la forge d'un maréchal-ferrant d'où viennent quelquefois des fumées qui sentent la corne brûlée ainsi que des bruits de marteau frappant l'enclume qui me ramènent au temps de l'école communale et de l'homme à barbe, à demi nu, de mon livre de lectures. On savait alors magnifier le travail manuel en général...

On était simple, en 1902, et sensible ; on apposait une plaque en l'honneur de deux aéronautes tombés du ciel en « plus léger que l'air », un jour de mai sur la boutique d'une corsetière de l'avenue du Maine — quel tintouin ç'a dû faire dans le voisinage ! — les dirigeables portaient des noms pacifiques. Depuis lors, on a vu dégringoler des aéronautes par milliers, les dames ont renoncé au corset, il n'entre plus guère de chevaux sous la porte cochère. Et la science continue à faire des victimes.

La corsetière expose un joli mannequin, grandeur nature ; il tourne... Est-ce elle qui a reçu le dirigeable *Pax* sur la tête ? Ce qui me plaît surtout, ce sont les soutien-gorge. J'ai beaucoup hésité entre le « Rêve étincelant », à 950 fr. ; le « Petit sorcier », à 1200 fr. ; et l'« Invite à la romance », à 880 fr. C'est « Amour divin » qui vaut le plus cher (1950 fr.). Mais, depuis peu, ils sont tous, à mon sens, supplantés par un modèle « sans bretelles ni cordons d'aucune sorte », appelé « Soucoupe volante » ; une étiquette précise que ce « soutien-gorge mystérieux apporte à la femme un charme, un sex-appeal entièrement nouveaux ». Le prix de la « Soucoupe volante » n'est pas indiqué.

A quelques pas de là, après la rue de la Gaieté, il existe une bijouterie fort intéressante également. Je n'ai pas vu rassemblées ailleurs autant de richesses, multipliées encore par les artifices d'un jeu de glaces. Coupes, ronds de serviette, breloques, alliances, carillons Westminster, médailles, réveille-matin, timbales... La maison semble s'être spécialisée en « sujets » de plâtre et de bronze. C'est très beau. Des cerfs dix-cors, des lions qui rugissent presque, des tigres blessés, des rennes bondissants (est-ce que ce sont des rennes ?), des chiens de tout poil. Et aussi des êtres humains ; des sportifs en majorité : archers frémissants, un sauteur, un boxeur, trois cyclistes à la queue leu leu (très remarquable), et des dames innombrables en toilettes ravissantes, quelque peu surannées à vrai dire : dame assise ou à genoux, à plat ventre, sur le dos à 6500 fr., en maillots à bavolets, avec ombrelle, à décolleté audacieux, tenant une colombe... Je n'en ferai jamais l'inventaire complet. Il est bon que, de quelque façon, l'art pénètre dans les faubourgs.

Je penche la tête au dehors, le vent me dépeigne, les émanations d'essence me donnent le vertige. Se rappelle-t-on les autobus à impériale ? Les lambrequins du toit étaient tout dentelés.

Il n'est pas rare que nous soyons « doublés » par un car bleu d'*Air-France* transportant des messieurs, des dames venant de Caracas, de Bombay ou de plus loin encore. Combien de tickets ne doit-il pas leur falloir !

— Montpérnèsse ! annonce le receveur.

Comment se fait-il qu'aux beaux jours il y ait constamment au pied du pont métallique du chemin de fer deux ou trois vagabonds qui prennent des bains de soleil tout habillés dans des postures d'estivants ? Est-ce l'odeur persistante d'urine qui les amène ?

Avant la guerre, j'ai été témoin, sous ce pont, de l'arrestation d'une femme par quatre inspecteurs. Deux lui tenaient les chevilles, un lui tenait la tête. Ils la portaient ; ils la traînaient plutôt. Elle hurlait en se débattant. Et il y avait l'écho en plus à supporter. Par instants, sa jupe se relevait ; on voyait le blanc de ses cuisses. Quant au quatrième policier, il lui donnait un coup de soulier dans le dos, de temps à autre. Ainsi, il ne pouvait être accusé de tirer au flanc. C'est vraisemblablement ce que l'on appelle « faire son devoir ».

Qui était-ce ? Une voleuse ? Une pocharde ? Une fille publique ? Peu importe.

On n'était pas encore familiarisé avec la violence ; je n'avais encore jamais vu quatre hommes maltraitant une femme ; on n'avait pas encore entendu parler des « nazis », on ignorait même la signification de ce terme. Nous en avions quatre sous les yeux, des précurseurs, en quelque sorte.

Il s'est passé ultérieurement bien des choses du même ordre : cris, coups, blessures... Oui, pourtant, je ne puis oublier cette scène. Ç'a été mon baptême de l'horreur. Il faut un commencement à tout.

* * *

C'est là que je prends le « 92 » ; c'est là que je quitte mes terres.

3

Il y a quatre ans à peine, Léon-Paul Fargue vivait encore dans cet immeuble blanc qui forme l'angle du boulevard et de la rue de Sèvres. Je l'ai vu couché dans son lit. Il vient de la rue de Sèvres des senteurs de ferme, de fourrage.

Tout à côté, il y a une horloge qui me plaît infiniment. Elle est ronde et blafarde comme les autres, mais elle a ceci de particulier qu'elle marque midi (ou minuit) moins trois minutes, depuis des mois ou peut-être davantage... Moins trois, c'est une heure qui me convient, sans qu'il me soit possible de m'expliquer raisonnablement là-dessus. J'estime que c'est rassurant, qu'il n'est pas trop tard, que j'ai encore quelque temps devant moi... C'est mon heure. Au fond, j'ai une tendresse pour les objets détraqués, pour les vieilleries. J'aurais probablement voulu vivre à l'époque des sabliers ou des clepsydres, ou des cadrans solaires, ou avant cela encore, quand il fallait se débrouiller tout seul parmi le ciel et les étoiles, quand le temps était silencieux.

Il paraît qu'il existe des insectes coléoptères que l'on nomme les *Horloges de la mort*, à cause du bruit régulier qu'ils font en attaquant le bois des meubles.

Les petites horloges de la mort ont grimpé les marches, une à une, jusqu'à l'entresol de la maison blanche où les attendait Léon-Paul Fargue, et elles ont sonné pour lui. Elles n'attaquent pas seulement le bois.

On a posé là aussi une stèle commémorative, comme pour Lamandé, Sachet et Severo, mais de dimensions plus réduites.

A gauche, l'Institution des jeunes aveugles d'où vont et viennent des adolescents qui avancent en titubant — ils n'ont rien bu — et en frappant le sol de leur canne blanche. En face, l'Hôpital des Enfants-Malades. Encore une région attristante. On y rencontre des prêtres surtout, des infirmières, des nonnains, des femmes âgées. L'autre matin, j'ai croisé une femme pauvre qui portait deux chaussures d'enfant et un petit manteau sur le bras ; elle pleurait ; elle sortait de l'hôpital.

Fargue ne voit plus rien non plus de la ville ; il ne lui déplairait certainement pas de faire encore un bout de chemin avec nous, le ventre appuyé contre la main courante, sur la plateforme du « 92 », dans un présent plus ou moins aimable qui roule et qui s'en va.

Nous sommes dans les avenues aux grandes largeurs, aux grands noms, au milieu d'une gloire militaire authentique et durable : Villars, Duquesne, Ségur, Tourville... Alors que nous n'avons que Ripoche et Losserand, au XIVe, pour toute illustration.

Ecole militaire. Un certain matin de 1924, je me suis présenté à la grille, conscrit attardé, maigriot, sans cocarde et sans enthousiasme, tenant à la main une valise-marmotte de carton. C'était le point de ralliement que l'on m'avait assigné. Ma mère était venue avec moi pour me donner du cœur. Lorsqu'elle était bien portante, elle me suivait partout. En ce temps-là, c'était le petit tramway de la compagnie Thomson-Houston qui assurait le service. On l'a mis au rancart. Quant à moi, je ne serai bientôt plus mobilisable. Arrangez-vous.

En tout cas, je ne conseille à personne les valises du type « marmotte ».

Il était très rapide — et sautillant — ce petit tramway. Je me suis vivement intéressé à lui, quand j'étais enfant. Il n'avait pas de trolley ; il prenait sa force dans un caniveau d'où sortaient parfois d'épouvantables fulgurations bleuâtres. Il était aussi dangereux. Mes parents me répétaient de prendre bien garde aux *plots*, ces pavés métalliques affleurant le sol : le pauvre canasson qui posait le sabot dessus mourait dans la minute, électrocuté ; victime, à son tour, de la science.

L'autobus longe l'avenue Bosquet (maréchal de France, grièvement blessé à Malakoff). D'une large baie du quai d'Orsay, j'ai regardé couler la Seine, avec Jean Giraudoux, autrefois. Il en était un peu amoureux, lui aussi. Elle est restée belle ; les fleuves ne vieillissent qu'imperceptiblement.

Giraudoux, mort ; Fargue, mort... Mort en quatre lettres. Pas de semaine que je ne sois forcé de rayer un nom, ou deux, sur mon carnet d'adresses. Partis sans laisser d'adresse. J'écris de moins en moins. A la longue, on n'aura plus que des morts dans ses relations. Je n'écrirai plus du tout. On s'appuie sur trop de cadavres, ça finira par céder un jour ; on va se casser la figure.

Magic City a également disparu.

4

Ma liaison avec elle ne date pas d'hier. Moi, il y a plus de quarante ans que je l'ai dans le sang. Je l'ai admirée, de près, de loin, à toute heure ; j'ai été sur elle, dans elle ; elle m'a porté.

Quand j'avais vingt ans, j'ai maintes fois pris le bateau-mouche. Il y avait alors un trafic régulier. L'initiative ne venait pas de moi, évidemment. C'est une dame de mes amies qui se souciait fort de mon état de santé. Elle tenait, entre autres choses, à ce que je respire le plus possible d'air pur. Et nous allions, presque tous les soirs, dîner à Suresnes, à la terrasse d'un petit restaurant que j'aimerais bien retrouver, et nous rentrions à la nuit, avec le dernier bateau, celui qui semblait s'enfoncer dans la mélancolie.

Bien avant cela, au début du siècle, vers 1908, ou 9, j'avais déjà suivi ce parcours quand nous revenions de Longchamp, le dimanche, mes parents et moi. Quels beaux dimanches ! Pas très nombreux d'ailleurs. Mon père souriait ; il avait dû gagner. Nous avions mangé du saucisson et bu du cidre sous une tonnelle poussiéreuse. Je crois que nous sommes allés trop souvent à Longchamp quand j'étais petit.

C'est approximativement à cette époque que j'ai eu la coqueluche. En ce cas-là, on recommandait aussi l'air pur, ou plutôt le changement d'air. Le bateau parisien était tout indiqué. Ma mère en a fait des croisières, de Charenton à Suresnes, et *vice versa*, durant des journées entières, avec un enfant qui imitait involontairement le chant du coq ! On a tort de médire des remèdes de l'ancien temps : j'ai guéri.

De même que l'on vous mettait une serviette mouillée d'eau sédative sur le front quand vous aviez des maux de tête. A défaut d'eau sédative, vous pouviez utiliser de l'eau vinaigrée.

Les usines à gaz étaient également considérées comme salutaires aux coquelucheux, ainsi que la haute montagne. A ce propos, il me souvient que j'ai rencontré, un jour, dans le funiculaire du pic du Jer, aux environs de Lourdes, une maman tenant un poupon quinteux dans les bras. Elle nous a dit qu'elle montait et descendait les mille mètres du matin au soir, depuis plus d'une semaine ; cela expliquait son manque d'intérêt pour la « vue unique sur les Pyrénées françaises et espagnoles » dont parlait le prospectus. Il n'y a que les mères pour avoir une telle patience, que ce soit à Paris ou à Lourdes, en bateau-mouche ou en funiculaire.

On a peut-être observé que je suis souvent empêché de donner des dates précises aux événements de mon enfance. Par exemple, je n'ai pu dire avec certitude en quelle année nous allions à Longchamp sur la Seine. En vérité, nous allions aussi à Auteuil et sur tous les hippodromes de la périphérie. Si tout s'embrouille, c'est la faute de mes parents qui, lorsque j'ai eu trois ans révolus, ont décrété que je ne vieillirais plus, tout au moins en ce qui touchait nos rapports avec la Compagnie du Métropolitain, la C. G. O. (c'est ainsi que l'on appelait la Compagnie générale des Omnibus), les caissières de l'*Eldorado* et du Musée Grévin, et avec les diverses sociétés d'encouragement à la race chevaline ou au sport hippique en France.

A partir de ce moment, mon âge n'a plus varié ; j'ai eu trois ans définitivement. On me faisait la leçon chaque fois qu'il fallait entrer quelque part :

— Si l'on te questionne, tu diras : « Je vais avoir trois ans. » Répète.

Je répétais :

— Je vais avoir trois ans.

Cela me déplaisait beaucoup, car j'étais alors plutôt content de prendre de l'âge. De plus, c'était en contradiction avec ce que l'on disait en famille. En somme, j'avais deux âges : un pour les parents et les amis de la maison, un autre pour la C. G. O... C'était assez compliqué.

Et d'autant plus ennuyeux que j'étais tenu de me tasser, de courber la tête, de me faire encore plus petit que je n'étais en passant dans les pinces des portillons de fer. J'étais heureusement de taille très moyenne. Ces subterfuges gâtaient sûrement toute ma joie. A la fin, j'en étais arrivé à savoir lire l'écriteau :

LES ENFANTS
NE DÉPASSANT PAS LA HAUTEUR DU TOURNIQUET
ENTRENT GRATUITEMENT

Pourtant, j'aimais bien voyager sur l'impériale de l'omnibus, j'aimais bien aussi le Musée Grévin où l'on voyait Napoléon, recevant la couronne impériale, et Marat baignant dans une eau rougeâtre...

Mes parents avaient une excuse : ils n'étaient pas riches — c'est le moins que l'on puisse dire. Ils étaient contraints de faire de petites économies, allant même jusqu'à la fraude.

En dépit de leurs exhortations, je ne pouvais me défendre de révéler mon âge exact toutes les fois où l'on s'adressait directement à moi. Aujourd'hui encore, j'ai cette manie de le claironner. Combien d'avanies n'avons-nous pas subies de la part d'hommes en uniforme. J'ai mis mes parents dans des situations embarrassantes, à maintes reprises. J'étais, somme toute, le contraire d'un sale petit menteur.

En fin de compte, je me demande si tous ces embêtements étaient compensés par les bénéfices que réalisaient mes parents.

C'est vrai, je ne sais pas très bien mentir ; je n'en tire aucun orgueil. C'est plutôt une déficience, comme d'autres ne savent pas nager. D'ailleurs, je ne sais pas nager non plus. On n'y peut rien. J'aurais dû m'exercer. Maintenant, il est trop tard. J'en ai pris mon parti : je ne suis pas doué pour le mensonge. Cela m'a valu bien des désagréments de toute sorte au long cours de ma vie.

Il m'en est resté quelque déformation dont je ne puis me défaire. A présent encore, je ne franchis pas sans émotion le seuil d'un établissement public où les mineurs ne sont pas admis : il me semble que je vais avoir trois ans.

Dans le même ordre d'idées, j'ai autre chose à me reprocher. Nous revenions de Bruxelles, ma mère et moi ; nous avons un peu de famille là-bas. Le tabac et les allumettes ne valaient presque rien en Belgique ; nous en apportions pour mon père qui est un grand fumeur. Ma mère en avait caché sous sa jupe et dans son corsage, j'en avais dans mes poches. Il est probable que les autres voyageurs étaient pareillement bourrés de tabac, de cigares.

Je me rappelle particulièrement l'emballage des cigarettes de la marque « Saint-Michel » : sur un fond vert on voyait un ange doré qui terrassait un dragon ; c'était joli. Les Bruxellois les appelaient des « Michelekes ».

Arrivés à la frontière française : Quévy ou Feignies, je ne sais plus, nous sommes descendus pour la visite de la douane. J'avais très peur, nous suivions un long couloir ; ma mère me serrait la main ; elle devait être émue, elle aussi. Je me souviens que la salle était mal éclairée par des lampes à pétrole. Nous devions avoir l'air d'émigrants, de réfugiés avant la lettre. Quand nous nous sommes trouvés devant le douanier, il s'est produit ceci : j'ai brandi soudain une boîte d'allumettes belges que je serrais dans la poche de mon pardessus et je l'ai agitée vivement sous le nez du gabelou, cela faisait un bruit amusant. Ma mère m'a arraché la boîte. C'étaient des allumettes rouges à têtes jaunes, comme on n'en fabriquait pas en France. L'affaire n'a pas eu de suite fâcheuse, tant mieux. Il est possible que j'aie été giflé un peu plus tard ; je l'avais mérité. Mon petit pardessus était en ratine bleue, douce au toucher, les boutons de cuivre étaient marqués d'une ancre marine.

C'est depuis lors que j'éprouve toujours une crainte instinctive en passant par une gare frontière. Les douaniers me troublent tout autant qu'alors. J'ai le sentiment d'avoir les poches pleines de marchandises prohibées.

Dernièrement, en rentrant de Suisse, je n'ai su résister au besoin de déclarer spontanément un imperméable que je venais d'acheter à Lausanne. Et pourtant, nous avions même pris la peine de le chiffonner soigneusement, si je puis dire, et d'y faire deux ou trois petites taches de cambouis. A la vue du képi, je n'ai pu me taire. Ce n'est pas de l'honnêteté.

Après tout, je n'ai dû débourser que deux cent cinquante francs. Pour être sincère, je dois ajouter que nous importions dans nos bagages quantités de denrées qui étaient passibles de droits. Quant à l'imperméable, il ne m'a pas fait grand usage ; c'était de la camelote, du coton...

Nous avons aussi pratiqué le mensonge par abstention, maman et moi — je ne trouve pas de terme meilleur — envers l'abonneur du *Bon Génie*. Le *Bon Génie* était un magasin — qui dit qu'il a cessé de fonctionner ? — où nous nous fournissions en linge et en vêtements. Si nous avions donné notre préférence au *Bon Génie*, c'est uniquement parce que l'on consentait de longs crédits à la clientèle.

Notre tactique était simple : il suffisait de ne faire aucun tapage le jour de la tournée de l'abonneur ; tout au moins jusqu'au moment où il ne pouvait plus se présenter. Car ma mère n'ouvrait pas souvent. De loin, on reconnaissait son pas pressé, sa manière, un peu rude, de frapper aux portes voisines. Il y avait quelques secondes assez torturantes, pendant lesquelles je m'interdisais même de respirer. L'abonneur ne se présentait pas à heures fixes dans le dessein de nous dérouter, possiblement ; ce qui nous mettait dans l'obligation d'être sur nos gardes dès le réveil, à nous débarbouiller sans trop de clapotage, à ne converser qu'à voix basse et, pour ma part, à inventer des jeux feutrés.

Sans le vouloir, je me suis beaucoup écarté de la Seine.

5

A partir de l'Alma, il semble que l'on accède à une autre ville : les autos sont plus brillantes que chez nous, les bâtisses sont plus belles, les femmes aussi (on ferait bien une prisonnière), elles doivent porter des « soucoupes volantes » ; il semble que l'existence ait plus de prix, qu'elle vaille davantage ; il semble même que la qualité de l'air soit quelque peu différente, plus fine. On a l'illusion d'être à l'étranger, en transit seulement.

Il est plaisant de passer ainsi d'un univers modeste à l'opulence et à la grandeur, du froid au chaud. Des senteurs de poisson de l'avenue d'Orléans aux fragrances des dames à fourrures. Il n'en coûte que trois ou quatre tickets d'autobus, et l'on rentre chez soi tout parfumé. Mettons que c'est notre sou du franc.

Les murs de l'église de Saint-Pierre de Chaillot sont couverts de phrases en langues latine et française. J'essaie d'en traduire quelques-unes en passant... « Tu es Pierre, et sur cette pierre je bâtirai mon église. » Ce calembour a deux mille ans, mais il est encore assez drôle.

De l'autre côté de l'avenue, j'ai relevé un graffiti plus récent, à la craie : « Laval au poteau ! » Le vœu de l'auteur a été exaucé. Devant cette maison de belle apparence, se tient presque toujours un vieux concierge qui émiette du pain aux pigeons.

Je descends à l'Etoile.

Oui, j'aime les vastes et longues avenues qui partent de l'Arc de triomphe, ou qui y aboutissent ; j'aime leurs noms. Il souffle continûment par là une brise de gloire et d'éternité qui ne vient pas dans nos rues où l'on prend, petit à petit, l'habitude de regarder les hommes et les choses par le gros bout de la lorgnette. C'est ce qui nous fait le plus défaut : une certaine ampleur de vue, une certaine élévation de caractère et aussi un certain sens historique. On dirait que nous ne pouvons nous retenir de ramener les événements et leurs causes à notre taille et à notre entendement ; nous sommes de petites gens, en vérité.

S'il nous était permis de nous installer à demeure dans ces quartiers élégants, peut-être, dans cette climature, deviendrions-nous rapidement des personnes présentables. Je crois au tellurisme. Nous finirions par acquérir des pensées neuves et bourgeoises, correctes pour le moins, comme sur mesures, au lieu de ces idées de confection que nous portons.

Cependant, nous avons tous été à la même école, nous avons tous feuilleté de semblables manuels d'Histoire de France, nous avons tous été élevés au sang (on en a les doigts poisseux encore). Il ne devrait pas y avoir une telle différence entre ceux d'outre-Seine et nous.

J'adore l'Histoire de France ! Et cela ne s'arrête jamais. On imprime, sans cesse, de nouvelles pages, en rouge, pour que les enfants les apprennent par cœur. Moi, j'en suis encore à la guerre du Tonkin. Mais, depuis ce temps, nous avons œuvré de notre mieux. Quelques chapitres, prenants à l'extrême, sont venus s'ajouter aux précédents. Nos descendants pourront s'en pourlécher les babines : ils ne seront pas à court de sang français.

Ce qui me fait dire que j'en suis resté à la guerre du Tonkin, c'est que je viens de retrouver une de mes rédactions écrite à dix ans, sous le titre : *Les Vacances*. La feuille de cahier a jauni, elle est devenue fragile. J'y parle d'abord de la plupart des élèves qui manifestent leur joie d'aller à la campagne, à la montagne, puis « d'une douzaine qui ne disent rien car ils savent qu'ils ne pourront pas y aller car leurs parents ne sont pas assez riches ». Je devais être parmi les douze, autant qu'il m'en souvienne. « Regardez Pierre, disais-je encore, il pleure car il doit aller à l'orphelinat » (sa pauvre mère venait de mourir). « Jules allait faire son apprentissage à huit ans, et Adrien ne causait à personne, on l'appelait « l'égoïste », mais le pauvre petit n'y était pour rien, il avait appris la mort de son frère qui était parti pour être soldat au Tonkin et il était mort dans une embuscade par des Tonkinois, il en fut fort chagriné et depuis il bégaie et ne peut parler qu'en faisant beaucoup de fautes. Pauvres enfants, plaignons-les. »

Il est curieux de noter que, trente-cinq ans plus tard, les Tonkinois continuent à nous tendre des embuscades et, à un autre égard, que ma sympathie larmoyante se tournait déjà vers les pauvres enfants — et les enfants pauvres — comme pour les couvrir... C'est le style qui me gêne un peu.

6

Chaque plaque indicatrice nous remémore une victoire napoléonienne : Wagram, Friedland, Iéna, Tilsitt (est-ce une victoire ?)... Ça sent fort l'épopée, les bottes, la poudre à canon... Je m'attarde à relire des noms de généraux, de maréchaux prestigieux : Hoche, Kléber, Marceau, Mac Mahon, Foch... Il me revient quelque phrase immortelle : « J'y suis, j'y reste ! » ou : « Après vous, Messieurs les Anglais !... » Je ne suis plus le même. Un vent grisant monte qui fait claquer des étendards dans mon cerveau. C'est plus exaltant que : rue Hippolyte Maindron, ou : rue Brézin. Qui étaient-ils, ces bonshommes-là ? D'après le dictionnaire Larousse, l'un était sculpteur, l'autre philanthrope. Deux civils, en tout cas. Tandis que sur cette place, on est de plain-pied dans un passé triomphal, c'est une sorte de leçon d'histoire en plein air — et je voudrais dire : de plein fouet. Tout cela me réconforte, me retrempe et je me prends à fredonner des fragments de refrains patriotiques appropriés, tels que *Le Rêve passe* ou *En r'venant d'la r'vue...* J'ai toujours eu la marotte de chanter en marchant de-ci de-là par les rues ; c'est une façon d'orner le temps à mesure qu'il se dévide, je le festonne... Un joli travail de patience.

J'en ai des piles entières dans mes armoires. Ce sera pour mes héritiers.

J'ai aussi la lubie de soliloquer... Non, ce n'est pas vraiment cela... Il m'arrive souvent de m'entendre articuler des mots ou des bouts de phrases, dépourvus généralement du moindre sens, ou, plus précisément, ne s'appliquant à rien. Je jurerais que c'est quelqu'un d'autre qui vient de parler.

Tantôt, c'est comme une réponse à une question, mais laquelle :

— Ah, ça non !

C'est dit avec énergie.

Ou tantôt une approbation :

— Oui, c'est ça, mon vieux.

Je n'y comprends rien. Ou c'est un chiffre, un nombre qui me sort de la bouche :

— Quatre-vingt-deux...

A moins que je ne dise gentiment : « Au revoir » à je ne sais qui.

D'autres fois, je me mets à crier en moi-même des grossièretés dont j'ai honte aussitôt ; ce n'est pas mon langage habituel :

— Allez vous faire enfifrer, tas de sagouins !

Où ai-je appris ces saletés ? Est-ce que cela n'apporterait pas la preuve qu'il s'agit d'un autre ? De l'autre con, pour m'exprimer comme lui. A qui s'adressent ces injures ? A quel ennemi invisible ? Suis-je un peu fou ? N'y a-t-il pas lieu de s'alarmer ? C'est comme lorsque, la nuit, on dort mal, mais c'est le jour...

* * *

Il existe un petit café d'aspect démodé, au coin de l'avenue Mac Mahon et de la rue de Tilsitt, où j'ai eu jadis des rendez-vous d'amour dans la pénombre d'une arrière-salle. La moleskine de la banquette était rouge et collante. La fièvre, c'est nous qui l'apportions. La jeune femme s'appelait Anny. Je n'ai rien à en dire, sinon qu'elle était plus grande que moi. D'ici, elle a également une silhouette démodée.

J'y suis retourné... Mêmes glaces, mêmes dorures, mêmes colonnes, mêmes mosaïques ; recouvertes, il est vrai, d'une patine qu'il n'y avait pas alors ; durant vingt ans des derrières des deux sexes y ont frémi silencieusement. La porte des closettes m'était tout à fait sortie de la mémoire, et pourtant elle a dû tenir une place importante dans mes relations avec Anny. On l'ouvre, on la ferme. C'est un va-et-vient constant de consommateurs du comptoir et même de passants de la rue. Les idylles de café sont toutes ponctuées d'un fracas de chasse d'eau.

Il faisait sombre. A la table d'à côté se tenait un vieux couple. Vieux par comparaison avec ce que nous étions, Anny et moi. En réalité, ils devaient avoir mon âge. Ils buvaient du vin rouge dans des verres à pied. Moi j'attendais encore Anny... Elle avait de longs cheveux blonds et souples ; elle venait là en cachette de ses parents à qui elle faisait accroire qu'elle se rendait chez son professeur de piano. De fait, elle avait toujours avec elle son carton à musique, à l'intérieur duquel, en plus de quelques partitions, elle transportait un injecteur en caoutchouc. C'était une personne réfléchie. Je m'aperçois aujourd'hui qu'il y avait des parties d'ombre dans sa vie.

Une manière de clappement m'a fait tourner la tête, j'ai entrevu mes deux voisins qui s'embrassaient sur la bouche, salement. Au même instant, j'ai entendu la chasse d'eau ; un gros monsieur sortait avec difficulté de la petite porte. J'ai payé ma consommation. Ainsi, voilà ce que nous étions devenus, Anny et moi... On ne devrait pas aller à des rendez-vous avec plus de vingt ans de retard.

7

L'autre soir, j'ai vu par là un homme qui remontait l'avenue de la Grande Armée, au beau milieu de la chaussée, à contre-courant des voitures, en braillant d'anciens airs qui, je ne sais pourquoi, m'ont paru bretons. Moi, je chantonne plutôt. Au lieu que lui, il hurlait en faisant des gestes désordonnés des bras. Mais, il ne semblait pas gai non plus. On eût pu craindre que ce ne fût la tête d'un cortège, ou le signe avant-coureur d'une révolution populaire, alors que le type avait seulement organisé une manifestation à lui tout seul. A moins qu'il ne commémorât ainsi un anniversaire personnel. Les gens se montraient inquiets. On n'est pas accoutumé à rencontrer un être libre, dans ces parages surtout. Il se dirigeait droit sur l'Arc de triomphe. Qu'allait-il y faire ? D'où venait-il ? D'une banlieue ouvrière, sans doute. L'avenue lui appartenait en entier. Les autos stoppaient net devant lui qui ne les voyait même pas. C'était un homme de taille moyenne ; il avait une démarche très mâle sous sa petite casquette ronde. Sa voix dominait tous les autres bruits, mais je ne parvenais pas à reconnaître sa chanson. Peut-être improvisait-il. Lorsqu'il entrait dans le rayon d'un phare, il était tout nimbé, momentanément.

J'aurais bien voulu me joindre à lui, le suivre, en tâchant de m'adapter au rythme de sa mélopée sauvage. A deux, nous eussions sans doute entraîné quelques voyous. On n'a pas fréquemment l'occasion de se prouver que l'on existe. Et puis, nous aurions terminé cette belle soirée au poste, l'un près de l'autre, en gueulant le plus fort possible. C'eût été merveilleux, mais je n'ai pas osé le faire, car je suis policé.

* * *

Le même soir, j'ai été bousculé, sur la place de l'Etoile, par un grand exhibitionniste au crâne rasé. Il y a des heures où tout le monde chavire et sombre dans le vide. Pas même de l'eau à quoi s'agriffer pour se retenir de couler à pic. L'homme est allé, en zigzaguant, s'affaler sur un tas de sable. Sa braguette s'ouvrait en triangle sur quelque chose de pâle et comme précieux. Les promeneurs ricanaient un peu sans s'arrêter. Nous avions tous l'impression d'être, nous aussi, déboutonnés.

Mais, ce n'est pas ce que je voulais raconter. Je me rappelle que j'ai joué autour de ces tas de sable ; il y a longtemps ; j'étais si petit que je me distingue à peine. On n'avait pas encore eu l'idée d'enterrer un squelette inconnu sous l'arche. Nous n'étions que des héros en puissance, nous étions heureux, probablement. Il y avait moins de héros morts et vivants de par le monde, moins de fantômes.

Je m'amusais quelquefois là, les après-midi d'été ou de printemps, quand ma mère, qui était femme de ménage, avait des loisirs. C'était moins loin de chez nous que le bois de Boulogne ou le parc Monceau, et le sable était tout aussi bon pour faire des petits pâtés. J'emportais avec moi une pelle et un seau sur lequel étaient peints des attributs marins et je m'accroupissais en bordure du trottoir, près du tas de sable de forme trapézoïdale, tout contre la guérite de planches de l'employé de la C. G. O. qui tisonnait le foyer des grands tramways à vapeur qui relâchaient là. L'un d'eux était surnommé la « baladeuse » : il allait du Trocadéro à la Villette.

L'eau qui était nécessaire pour obtenir, après malaxage, un sable d'une bonne consistance, coulait à deux pas, dans le ruisseau.

Ma mère m'a répété que c'est sur cette place de l'Etoile que j'ai eu ma première grande colère d'enfant. C'était plutôt une révolte violente et profonde.

Voici ce qui s'est passé là : j'étais en train de confectionner avec soin un de ces petits pâtés de sable. C'est difficile. Il y faut de l'application, de la délicatesse, de l'ambition. J'avais encore tout cela. On tapote sur les bords et sur le fond, puis on soulève le seau doucement, sans trembler. Et alors, le pâté apparaît, monolithique. Avant d'y parvenir, on a connu bien des échecs. Il me semble que j'éprouve, à présent, le même émoi délicieux qu'alors. J'entends comme un crissement... Plus jamais je ne saurai faire d'aussi beaux pâtés ni rien qui me donne un tel contentement.

Donc, j'en étais à ce point où l'on doit apporter une pleine attention à la manœuvre en cours, lorsqu'un garçon, un peu plus âgé que moi, mieux habillé aussi, s'est approché (sournoisement si l'on veut) de mon pâté. Puis, sans rien me dire, il l'a détruit d'un coup de pied... A quarante ans de distance, je vois la scène. Il avait bien visé. D'un seul coup de pied, il avait anéanti ce pâté qui m'avait demandé tant d'efforts. D'un seul coup, je ne possédais plus rien. Pourquoi ? Pourquoi ? Je ne faisais de mal à personne, moi.

Ce doit être ce que l'on appelle, chez les sportsmen, un « shoot » réussi. Oui, je le sens encore ; je sens qu'il m'a botté l'âme, cet élégant petit garçon ; je dois encore en avoir la cicatrice. Ç'a été un « shoot » doublement réussi.

Pour la première fois de ma vie, j'étais victime d'une mauvaise fatalité, d'une méchanceté incompréhensible. Avant ce jour-là, j'ignorais qu'il y eût des bourreaux à titre gracieux.

Il paraît que je suis devenu tout pâle et que j'ai dit simplement au démolisseur de pâtés :

— P'tite miette de pain !

C'est à ce moment que j'ai dû me classer définitivement parmi ceux que l'on spolie, que l'on écrase sans qu'ils trouvent grand'chose à y redire. J'ai dû comprendre, à cette minute, que l'on n'était pas ici pour s'amuser, que la vie est dure et que l'on s'y cogne. Ce gamin m'avait, inconsciemment, mis à ma vraie place. C'est depuis lors que j'ai des airs de transfuge dans ces parties occidentales de Paris.

P'tite miette de pain, c'est tout ce qui m'est venu à la bouche dans l'instant, en fait d'insulte. Eh bien, maintenant que je suis grand, je gage que je répliquerais de la même façon si l'on détruisait mon pâté, avec le même mépris un peu triste, sans trop me fâcher.

Il m'est, heureusement, venu une grande indifférence qui est comme un nuage protecteur autour de ma personne et de mes menues entreprises. Je ne m'indigne plus de croiser des garçons mal élevés ni même des exhibitionnistes ; je ne m'étonne pas de rencontrer sur la voie publique des ivrognes qui s'imaginent un soir que tout est permis. On a écrasé mes pâtés les uns après les autres, le plus souvent sans mauvaise intention, par accident ; il m'est arrivé de les démolir moi-même. Quoi qu'il en soit, cela n'a guère d'importance, pas plus qu'une petite miette de pain.

Ces jours-ci, j'ai vu un autocar vide devant l'Arc de triomphe. Sur la carrosserie, de couleur bleu ciel, il y avait le nom du propriétaire, un Allemand, et la ville d'origine : Wiesbaden, et, à l'arrière, une petite plaque blanche qui portait la lettre D en noir. Les touristes étaient allés saluer le soldat allégorique. On a raison de dire que l'assassin revient toujours sur le lieu de son crime.

* * *

J'ai rêvé, cette nuit, que la flamme de l'Etoile était éteinte. Et j'en étais très peiné.

8

L'avenue de Wagram... Mon père y a hanté des cafés à femmes, dans sa trentième année, ce qui a beaucoup tourmenté ma mère.

— Il est encore chez Albouy, me disait-elle.

Ce nom auvergnat a longtemps représenté pour moi ce qu'il pouvait y avoir de plus horrible au monde. Il y a un enfer, même pour les enfants élevés dans des principes laïques et anticléricaux. Mais que se passait-il chez Albouy ?

Je l'ai su plus tard, lorsque, à mon tour, j'ai été pris dans les embarras de la vie, vers 1925. C'est sur l'avenue de Wagram et dans les petites rues adjacentes que j'ai jeté ma gourme aux yeux de quelques boniches, en de pauvres hôtels meublés ; c'est là que j'ai fumé mon premier cigare... J'étais entiché d'une jeune violoniste blonde du café-tabac ; j'allais à l'*Empire*, non pas le music-hall d'aujourd'hui, mais une salle où l'on jouait des opérettes, comme *Le cœur et la main* et *Le jour et la nuit* ; j'apprenais les chansons en vogue à *Paris-Kermesse ;* ces chansons écoutées debout forment encore le fond de mon répertoire.

Mais, je n'ai jamais mis les pieds chez Albouy. Ce n'était, à la vérité, qu'un café comme les autres où venaient se réfugier quelques prostituées lorsqu'il pleuvait ou quand les « mœurs » étaient en chasse.

* * *

Je me souviens très bien du temps où les Champs-Elysées étaient presque déserts, et sombres dès que tombait le soir. Il n'y avait qu'un seul cinéma, quelques hôtels luxueux, un café, un petit théâtre. Cette avenue était vouée à l'automobile. Nous nous y rendions, le dimanche, en grandes cohortes processionnaires pour l'admirer de près, sous verre, sans y toucher. Ou le quatorze juillet, pour applaudir notre armée, mais en ce qui me concerne, seulement à dater du jour où mon père a quitté ma mère, car il désapprouvait hautement ces manifestations militaires, du moins en actes et en paroles. Je ne serais nullement surpris d'apprendre qu'il a, lui aussi, un petit drapeau français planté dans le cœur, comme nous tous.

Ma faveur allait à la Garde républicaine à cheval et, plus spécialement, aux trompettes avec leurs casques à crinière rouge.

C'est au *Théâtre Femina* que j'ai eu le bonheur de voir la Argentina. Dans ma période de dandysme, je me suis risqué quelquefois au *Palais de Glace* ; j'ai été aussi au bar du *Carlton* avec une femme du monde plus très jeune qui buvait des cocktails, mais tout cela ne pouvait guère durer : c'était très au-dessus de mes moyens. Je portais une bague en or garnie d'un brillant et de deux saphirs et je crois bien qu'en buvant ces cocktails je tenais le petit doigt en l'air.

Récemment, j'ai assisté à un défilé singulier : des agents de police en grande tenue, précédés d'une fanfare, escortés de motocyclistes, se rendaient à l'Arc de triomphe. Des flics montant vers la gloire, c'était inattendu. Il est vrai que tout le monde y va, à cette heure.

C'est après cela que j'ai entendu une corpulente provinciale demander au monsieur qui l'accompagnait :

— Qu'est-ce que c'est que cette grande pierre pointue ?

— C'est un truc, lui a-t-il répondu, qui a été ramené d'Egypte par Napoléon ; c'est « l'Obélixe ».

— Ah.

Donnez-vous donc du mal pour illustrer votre patrie de toutes les manières ; coupez-vous en quatre ; faites couper aussi en petits morceaux cent ou deux cent mille de ses enfants ; arrosez le tout de sang ; servez chaud. Et voilà qu'un siècle plus tard une bonne femme ignorante remet tout en question. C'est proprement décourageant.

Je puis évoquer des souvenirs plus reculés encore se rattachant aux Champs-Elysées. Au vrai, ce sont des souvenirs paternels auxquels je n'ai pris qu'une très petite part : je n'avais pas deux ans. Il nous est advenu bien des mésaventures sur cette avenue.

Mais d'abord pourquoi traînions-nous si souvent par là, mon père et moi, puisque nous demeurions à la Villette ? Etait-il, lui aussi, comme affriandé par le luxe ? Il donnait comme prétexte que l'air était meilleur à l'Etoile que rue de Tanger. C'est juste. Je le soupçonne cependant d'avoir eu des arrière-pensées.

Un après-midi que nous nous baladions, ramassant par-ci par-là un mégot (quel jeu passionnant c'était !), il s'est adressé à un monsieur à lourde chaîne de montre qui aérait ses deux fillettes, et il lui a demandé de quoi acheter un ticket de métro pour rentrer à la Villette. Il devait être fatigué...

— Ce n'est pas par ici que vous trouverez du travail, lui a dit le monsieur.

— Je ne vous ai pas demandé du travail, lui a répliqué justement mon père.

Alors, le monsieur lui a tendu une pièce de deux sous. Il a vu que mon père était sur le point de se fâcher.

— Ce n'est pas assez pour m'acheter un cigare, lui a dit mon père en lui jetant ses deux sous aux pieds.

Et nous nous en sommes allés, vers la Villette. Il a de l'amour-propre, mon père. A sa place, saurais-je me comporter avec une telle dignité ?

C'est l'hiver où ma mère était malade, j'ai omis de le dire. Mon père avait essayé de vendre des fleurs artificielles chez les modistes et sur les marchés, à six sous le piquet, mais on n'en voulait pas. De tout temps, il y a eu de la morte-saison dans le commerce qui touche à la parure féminine.

Hier soir, rue de Sèvres, dans la presse, à l'heure du dîner,. j'ai entendu quelqu'un me dire tout bas :

— Vous n'auriez pas un ticket de métro, monsieur ?

A quoi pensais-je ? Je marchais assez vite, comme font les gens pressés. Pourtant, je ne sais rien de plus inutile que ces allées et venues quotidiennes. Je ne suis espéré nulle part. C'est une femme qui m'avait adressé la parole, mais il m'a semblé reconnaître l'intonation de mon père. Je n'ai pas compris tout de suite. Quand je me suis retourné, elle était déjà loin. J'ai pu tout juste voir qu'elle avait une espèce de bonnet de laine sur les cheveux. Elle était vieille. J'aurais dû courir après elle...

Des cigares ? Mon père n'en a jamais fumé beaucoup, en dehors de ceux que nous passions pour lui en contrebande à Quévy. Il avait voulu le prendre de haut avec le gros monsieur des Champs-Elysées. On ne me croirait pas si je disais qu'il a toujours aimé les mégots. Il y a eu certainement une époque où, comme tout le monde, il a su apprécier le bon tabac frais. C'est progressivement qu'il s'est mis à raffoler des mégots. Il leur trouve une saveur délectable. Oh, il ne refuse pas une cigarette toute faite, mais il est évident qu'elle lui paraît un peu fade. C'est une déformation du goût, pas autre chose.

Actuellement, il a deux fournisseurs de mégots : le balayeur de la rue Serpollet et Louise, une amie de toujours.

Le balayeur n'est qu'un intermédiaire de bonne volonté entre mon père et le barman du *Manitoba*, un établissement chic de la rue. A jours fixes, le barman remet au balayeur un petit paquet joliment ficelé destiné à mon père, que d'ailleurs il ne connaît pas. A vrai dire, les mégots du *Manitoba* ne sont pas excellents :

— Trop d'anglaises et d'américaines, dit mon père.

Mais en les mélangeant avec ceux de l'*Athénée*, il parvient à en faire une mixture passable.

Les mégots de l'*Athénée* lui sont fournis de façon tout aussi régulière par Louise, qui est femme de ménage dans ce théâtre. Elle est, pour ainsi dire, à la source. Je suis persuadé que l'opération du triage procure déjà à mon père une vive satisfaction : bouts de cigare d'un côté, tabacs orientaux de l'autre... Les bouts de cigare, il les coupe très finement au moyen d'une lame de rasoir. Il en est arrivé à pouvoir différencier, presque à coup sûr, les mégots des soirs de générale de ceux des soirées ordinaires, à leur seule qualité. Lorsque le sac contient beaucoup de cigarettes à demi consumées seulement et marquées de rouge à lèvres, il dit à Louise :

— Tiens, vous avez eu une première cette semaine !

Il est rare qu'il se trompe dans ses déductions. Et, par ce détour, ils en viennent à discuter de la pièce. Mon père n'a jamais cessé d'avoir un faible pour le théâtre, en général. J'ai déjà dit qu'il avait fait de la figuration dans ses jeunes années ; il a chanté la *Marseillaise*, au *Gymnase*, dans l'*Ennemi du peuple*.

Bien entendu, je lui réserve aussi mes mégots ; ils sont minuscules.

L'altercation avec le monsieur à chaîne de montre a peut-être eu lieu avenue du Bois et non pas aux Champs-Elysées, mais ce dont je suis sûr c'est que la rencontre avec Mme Clarckson-Potter s'est produite aux Champs-Elysées ; durant le même hiver, puisque ma mère était toujours malade.

Il était assis sur un banc, me tenant sur ses genoux, lorsqu'une voiture à deux chevaux s'est arrêtée. Il en est descendu une dame, c'était Mme Clarckson-Potter. Nous devions, à nous deux, former un gentil petit tableau. Ils ont causé. Elle lui a conseillé d'envoyer ma mère à l'hôpital Rotschild. Avant de s'en aller, elle m'a mis un louis dans la main et elle lui a donné un rendez-vous pour la semaine suivante : au coin de l'avenue Malakoff et de l'avenue Victor-Hugo. Pourquoi pas chez elle ? A la date fixée, nous étions à l'endroit convenu, un peu en avance, comme il se doit. On ne fait pas attendre Mme Clarckson-Potter. Des écoliers sortaient du lycée Janson ; l'un d'eux a donné quelques sous à mon père, d'autres en ont fait autant. C'étaient des garçons élevés dans des traditions de charité ; on ne verrait pas cela à Belleville ni au Petit-Montrouge. Mon père n'était pas accoutumé à recevoir l'aumône de la part d'enfants. Ce doit être, en effet, bien humiliant : il a pris le parti de poser son chapeau par terre en tournant ses regards vers le haut. Les gosses lançaient des pièces de monnaie dans le melon de papa. Encore un jeu intéressant. A quoi voyait-on que nous eussions pu être des mendiants ? Nous devions trancher sur les habitants du quartier, par notre maintien, par notre dégaine, par notre manière seule de marcher... On nous reconnaît à cent pas. Mme Clarckson-Potter est venue ; elle a fait des reproches à mon père parce que ma mère n'avait pas voulu aller à l'Hôpital Rotschild, mais elle m'a quand même remis un second louis d'or. Ils ne se sont plus jamais revus. Dans la vie de mon père, cette dame américaine tient un rôle approximatif de fée merveilleuse et bienfaisante.

Nous traversions une mauvaise passe. On ne pouvait plus m'acheter de lait. Pour en sortir, mon père a résolu de frapper un grand coup. Il s'est rendu chez ma marraine, une personne fort riche, qui habitait place des Ternes. A peine entré, il est allé à la fenêtre, il l'a ouverte, il m'a tendu à bout de bras dans le vide...

— Il me faut du travail immédiatement, a-t-il dit à la vieille dame, sinon je le lâche... Cela ne fera qu'un malheureux de moins sur la terre.

Ma marraine lui a trouvé sur l'heure un emploi chez Gaubert, le marchand de couleurs. Heureusement, car si elle ne l'avait fait, je m'écrasais sur un trottoir de la place des Ternes, à moins qu'il n'y ait eu un peu de chantage moral dans cette démarche.

D'ailleurs, la besogne chez Gaubert ne convenait pas à mon père qui n'avait jamais posé de carreaux de sa vie. Or, il s'agissait principalement de cela. Il en a cassé plusieurs, malgré les soins qu'il apportait à sa tâche. Après tout, c'est un métier qui exige quelque préparation. Mais il n'a pas été renvoyé à cause des vitres qu'il brisait. Un jour, il a renversé une bonbonne d'ammoniaque dans la cave ; M. Gaubert a failli être asphyxié, mon père aussi.

*
* *

Tout cela, et d'autres choses que je néglige ou que j'oublie, explique et justifie peut-être le malaise que je ressens, aujourd'hui encore, dans ces régions. Il ne fait pas bon revenir là où l'on a ramassé des mégots, là où l'on a mendigoté, plus ou moins consciemment, à deux ans. J'ai le sentiment de n'être pas en règle ; qu'il me manque un visa ; je m'attends confusément à ce qu'une dame me glisse une pièce de vingt francs dans la main... Mme Clarckson-Potter.

9

Je ne sais pourquoi je repense souvent à un après-midi du mois d'août 1948. Il y a des jours qui vous restent sur le cœur, ils sont trop lourds. Je ne sais pas non plus ce qui m'avait conduit aux alentours du Trocadéro. Il faisait très chaud. J'étais amoureux, de nouveau. Cela me semble bien loin ; c'est presque de l'ancien temps déjà, tout ensoleillé.

Les gens se rafraîchissaient aux terrasses qui occupaient une large bande des trottoirs. On buvait surtout des citrons pressés, des orangeades glacées, de la bière. De ma chaise, je voyais le Palais de Chaillot ; j'aurais pu lire aux frontons les pensées de Paul Valéry qui y sont inscrites en lettres d'or.

Dans ma jeunesse, j'ai connu le Palais du Trocadéro ; le style en était fort étrange, indéfinissable, en vérité. Je ne garde en ma mémoire que les contours d'une masse énorme et plutôt chagrinante faite en ce matériau grisâtre qui servait aussi à la construction de grottes en miniature dans les jardinets de banlieue ; l'ensemble avait effectivement quelque chose de troglodytique et d'oriental, d'hispano-mauresque en même temps. Les deux tours, vaguement phalloïdes, étaient assez réussies.

Le nouvel édifice, plus net, plus propre — mais, est-il aussi solide ? — que le précédent, avait été choisi comme siège temporaire de l'O. N. U. On a dû entendre parler de cet organisme universel qui a remplacé la S. d. N. Les personnes de ma génération n'ont pas mis d'espoirs excessifs dans l'O. N. U. ; la S. d. D. nous avait déçus, une fois pour toutes.

N'empêche qu'une petite foule stationnait devant des barrières de bois pour regarder monter en voiture quelques représentants de pays inconnus. Deux immenses drapeaux flottaient sur le toit ; ils étaient d'un bleu déteint d'avance, plus foncé que le ciel par-dessus.

C'est peu de temps après qu'un dénommé Garry Davis, une sorte de clochard international, se déclarant citoyen du monde, est venu s'asseoir sur les marches monumentales de ce palais. A cette occasion, nous nous sommes de nouveau emballés ; c'était à qui allait déchirer ses papiers d'identité. Tous apatrides ! Mais le citoyen du monde a été pourchassé ; il a quitté les rives de la Seine pour aller camper sur le Rhin ; puis, en fin de compte, il a épousé une danseuse acrobatique.

L'après-midi dont je parle, il y avait une atmosphère de fête, de vacances. On se serait cru dans une station balnéaire. L'air était doux ; balsamique, c'est possible. De biais, on apercevait quelques colonnes de marbre du cimetière de Passy qui surplombe la place et la croix orthodoxe, dorée, très ouvragée de Marie Baskhirtseff.

Une jeune fille prenait des photos ; l'appareil posé à la hauteur du sexe. Le petit oiseau allait sortir... Attention.

Le matin même, les journaux avaient annoncé que le Gouvernement britannique venait de décider le recensement des hommes et des femmes, en cas d'un conflit. On revenait au point où nous en étions dix ans auparavant, au temps de la S. d. N.

De grosses voix couvraient le vacarme des moteurs : on appelait par haut-parleur des chauffeurs de diplomates. J'ai soudainement eu l'illusion de vivre dans un lieu et dans des heures qui deviendraient historiques, où l'on palabrait encore sur la paix, où l'on était en paix, à boire des rafraîchissements dans des poses détendues et la tête un peu vide. Il m'a paru qu'il était important que j'observe attentivement tout autour de moi ce décor fragile et provisoire, pour que je puisse en reparler plus tard, lorsque la prochaine guerre aurait passé sur nous, nous aurait balayés, quand le palais rasé et reconstruit porterait un troisième nom et qu'il abriterait une nouvelle organisation sous un vocable à trouver, quand le cimetière de Passy aurait peut-être disparu aussi, et que les morts seraient morts pour la seconde fois, et que l'Europe entière ressemblerait au cimetière de Passy, en moins orné, sans aucune croix catholique ni orthodoxe. A moins que je ne sois plus moi-même qu'un squelette parmi d'autres, le cœur à tous les vents, en un lieu imprévisible, mort mais pas enterré, les fossoyeurs de la C. G. T., de F. O. et de la C. F. T. C. ayant, cette fois, décrété une grève générale de durée illimitée.

*
* *

Rentrons dans un passé plus souriant : sur cette colline et dans les environs, il y a eu l'*Expo* de 1937. Nous étions alors pleins d'optimisme — à exploser — nous avions, pensions-nous, l'avenir à portée de la main ; on aurait pu le caresser.

Malheureusement, je n'avais pas beaucoup d'argent, en 1937 — à ce point de vue les années n'ont pas de prise sur moi, je reste toujours jeune — et je n'ai pu profiter tout mon soûl des plaisirs de cette exposition universelle. Au début, nous avons eu, par l'intermédiaire de mon père, une carte d'un caractère semi-officiel, qui nous donnait droit à l'entrée gratuite. Je crois bien que nous avions légèrement falsifié ce document. Et, un jour, un gardien zélé nous a confisqué notre carte. N'importe, nous avions eu le temps d'excursionner longuement parmi toutes les splendeurs des divers pavillons. Il me souvient nettement du pavillon espagnol où nous étions toujours quelques dizaines de « salopards » à nous divertir à jeter des sous dans une vaste cuve de mercure qui provenait d'Almacen. Les pièces de monnaie flottaient, et nous nous réjouissions ouvertement à l'idée que les Républicains allaient remporter la victoire, grâce à nos libéralités.

Les manigances frauduleuses que nous devions faire pour pénétrer à l'intérieur de l'enceinte, ajoutaient peut-être à notre enchantement. C'était, à chaque coup, le même trouble lorsque je tendais la carte au contrôleur. Quoi qu'il en soit, il me plaît d'avoir revu rapidement ces années où, sans que nous nous en doutions, nous étions en train de gaspiller ce qui nous restait d'élan.

Je n'ai pas dit que mon père occupait un poste dans l'*Expo*. Un petit poste : il était bonisseur au stand juif. C'est un ami qui lui avait procuré cet emploi, non rétribué d'ailleurs, en quelque sorte honorifique. Il travaillait « à la commission ». On l'avait chargé d'écouler un stock de fleurs de papier, ou de tissu, appelées la « Rose de Jéricho ».

— Demandez la rose de Jéricho, répétait-il, la plante qui ne meurt jamais.

C'est ce qu'on lui avait conseillé de dire.

Nous nous interdisions de flâner devant son étalage, pour ne point le gêner. Il n'a pas fait de bonnes affaires. Les fleurs artificielles ne lui ont jamais réussi.

* * *

Après que nous avons été dépossédés de notre carte d'invitation, nous sommes allés tous les soirs dans un secteur de l'arrondissement qui était en démolition — il l'est encore — du côté de la rue Vandamme, à deux pas de chez nous, en bordure de la ligne du chemin de fer de l'Ouest. Nous étions là parmi des ruines anticipées, si je puis ainsi dire ; avant les bombardements véritables. Par une trouée, nous avions une large perspective sur l'exposition. La tour Eiffel était rougie à blanc. C'était tout bonnement féerique.

Pas de gardien soupçonneux ni rien à débourser. Au surplus, nous avions la conscience tranquille.

10

Nous avons demeuré rue des Acacias, avant la guerre de 1914 et après. J'ai été à l'école communale de la rue Saint-Ferdinand. Somme toute, je suis un Terniot d'adoption.

Il y a bien du changement par là aussi. D'abord, j'ai eu une surprise : la boulangerie-pâtisserie qui se trouve à l'angle de la rue des Acacias et de l'avenue de la Grande-Armée — notre boulangerie — ne s'appelle plus la *Pâtisserie de l'Obus*. Elle n'a plus de nom. Je le regrette un peu. Il est probable qu'un projectile a éclaté dans les environs, en 1871, pendant le siège. A cette époque, les obus étaient peu meurtriers ; ils ne tuaient à la fois que les deux ou trois étourdis qui ne s'étaient pas mis à l'abri. Après quoi l'on commémorait l'explosion au moyen d'une enseigne de pâtisserie. Aujourd'hui, il en tombe trop en même temps, ils sont trop gros pour que l'on puisse encore songer à en tirer un parti publicitaire. Il devrait y avoir, actuellement, des milliers de *Pâtisseries de l'Obus* en France, et ailleurs. Les ménagères ne s'y retrouveraient pas.

Et la station de métro « Obligado » a été débaptisée ; elle est devenue : « Argentine ». J'aime mieux

« Obligado », c'est plus doux à l'oreille, et puis cela nous rappelait une autre victoire française remportée je ne sais où ni sur quel ennemi, mais n'importe. On chercherait à nous démoraliser systématiquement que l'on ne s'y prendrait pas autrement. Pendant des années de mon adolescence, ç'a été « ma » station. Chaque matin, autour de huit heures, j'y descendais en courant, tout affolé. J'exerçais alors un métier encore peu galvaudé : j'étais mécanographe dans une maison d'épicerie en gros de la place de la Bastille. J'ai été un des premiers en date des mécanographes français, je puis le dire avec quelque vanité. Un mécanographe est une dactylo du sexe masculin qui « tape » des chiffres au lieu de mots. Il y a d'ailleurs à présent beaucoup de mécanographes femmes, mais, de mon temps, les hommes étaient plutôt recherchés dans cette branche. J'avais pourtant une collègue, Mme Loupiot, qui était de très grande force. Nous nous livrions à des sortes de courses, à qui aurait les plus longues colonnes de nombres en fin de journée. Ces compétitions étaient fort échauffantes et, en dernier ressort, avantageuses pour la maison d'épicerie qui nous employait. Bien que Mme Loupiot fût enceinte, elle était imbattable. La tête baissée, le ventre collé à la machine, elle ne faisait qu'un avec elle. J'entends encore le cliquetis ininterrompu des engrenages. Elle semblait prise de frénésie. Ses totaux dépassaient toujours les miens. Par bonheur, l'épicerie traversait une ère florissante : nous avions assez de chiffres à nous mettre sous la dent. On eût cru que Mme Loupiot les avalait. Cependant, elle grossissait de jour en jour. C'était comme si elle eût voulu nourrir d'avance son enfant de millions.

Je préfère aussi l'importante construction de verre opaque et jaune que j'ai dans la tête, à la simple balustrade de pierre qui la remplace. Un jaune assez spécial, tournant au vert ou, plus précisément, de la couleur des berlingots à l'anis lorsqu'on les retire de la bouche après les avoir assez longuement sucés.

* * *

Au cours d'une de mes excursions, j'ai été abordé par trois jeunes filles qui m'ont demandé de leur indiquer le chemin du Vésinet. Je leur ai répondu que c'est très distant des Ternes. Mais elles tenaient absolument à pousser jusque là ; elles avaient toutes trois un même air un peu entêté.

— On veut aller au cirque, m'a dit l'une d'elles.

Moi aussi, je serais allé jusqu'au Vésinet, à leur âge, pour assister à un spectacle de cirque. J'ai tâché de leur fournir un itinéraire, mais je ne pense pas qu'elles aient jamais pu atteindre le Vésinet, ce jour-là.

* * *

Il se trouve que je connais le Vésinet ; j'y suis allé il y a quelques semaines en quête d'un logement. C'est une localité où je m'installerais volontiers si les banlieues, quelles qu'elles fussent, ne m'inspiraient de la topophobie. L'appartement n'était pas libre ; nous y avons été reçus par une grande jeune femme blonde et volubile qui fumait des cigarettes, lascivement étendue sur un divan, et vêtue d'un peignoir d'un fort beau rouge. Je m'y suis rendu souvent aussi, étant jeune, plus jeune que les trois jeunes filles, mais non point pour voir des clowns et des chevaux dressés et des écuyères ni pour chercher une habitation. Non, on m'y a mené auprès de ma mère qui était dans une maison de convalescence de l'Etat, peu après sa typhoïde.

J'ai tellement entendu parler de cette typhoïde qu'elle a pris, peu à peu, une place capitale dans mon existence. Ma mère avait l'habitude de dire :

— C'était avant (ou après) ma typhoïde.

Ce que c'était vraiment que la typhoïde, je l'ignorais, mais le mot me paraissait neuf, un peu baroque. Entre nous deux, il a servi de point de repère, de date historique. Nos vies étaient comme balisées par la typhoïde de ma mère. Ainsi moi, j'ai été envoyé à Berck après « sa » typhoïde ; en revanche, j'ai été opéré avant. Mais, est-ce bien certain ? Pour ma mère, la ligne de partage est plus nette : elle se remémore avec mélancolie tout ce qui s'est produit avant, alors que tout ce qui a eu lieu après est mauvais.

Il y avait une variante ; elle disait parfois, elliptiquement :

— C'était après (ou avant) Beaujon.

Car c'est à l'Hôpital Beaujon qu'elle a été soignée. Pour moi, c'était tout autant mystérieux : Beaujon.

D'ailleurs, c'est durant son séjour à Beaujon que mon père l'a quittée, après avoir vendu ses bottines et ses corsages à un chiffonnier. Il a gardé cette manie de se défaire périodiquement des vêtements usagés. Je me souviens également que ma mère a perdu ses beaux cheveux à Beaujon. Il lui arrive souvent de reparler de ces paires de bottines, presque neuves. En résumé, nos malheurs familiaux partent de là, de Beaujon. Aujourd'hui qu'ils sont à peu près oubliés par nous tous, je puis avancer que c'est tout de même bien commode d'avoir eu une bonne maladie ; on s'oriente mieux que d'autres parmi son fouillis personnel. Mieux que ceux qui n'ont que les guerres mondiales ou les expositions universelles à leur disposition. Nous en avons subi plusieurs, tandis qu'on n'a jamais plus d'une typhoïde. Pour ma part, je me suis vainement efforcé, plus tard, de retenir l'attention de mes interlocuteurs sur « mon » opération, mais je n'y mettais peut-être pas assez de conviction ni d'insistance.

J'ai sous les yeux une ancienne gravure qui représente le Jardin Beaujon. On y voit des messieurs et des dames, des enfants et des militaires dans un petit chemin de fer roulant à travers un paysage accidenté, en carton. Il s'agit des « montagnes françaises » qui sont, peu s'en faut, l'équivalent de nos « montagnes russes ». C'était bien antérieur aux emprunts successifs, au « rouleau compresseur », à l'Entente cordiale... et à notre éphémère russophilie.

Ainsi, avant d'avoir été un hôpital, ce bâtiment sombre était un centre de divertissement, de *Luna*

Park ou de *Magic City* pour les Parisiens d'il y a cent ans. Finalement, une école pratique des gardiens de la paix s'y est ouverte. Qu'est-ce que l'on enseigne là-dedans ? Le passage à tabac ?

*
* *

Du village des Thernes, il subsiste encore les deux ou trois vieilles fermes de la rue Bayen, quelques arbres, et une partie du château des Ternes dans lequel une ouverture formant arcade a été percée pour la circulation. J'avais grande joie à y passer. Le disque n'a pas été enlevé :

MARCHER AU PAS
ALLURE TRÈS MODÉRÉE

Les fiacres s'y engageaient un par un, et au pas. Le cheval vous frôlait. Ma mère me tirait tout contre elle. Lorsqu'il avait plu, les roues faisaient des éclaboussures aux mollets. J'ai dans l'esprit, mais ce doit être faux, que j'ai eu froid aux mollets et aux genoux pendant toute ma petite enfance. Il me monte aux narines une odeur piquante de pelage en sueur ; j'ai une mémoire olfactive. La cadence des fers sur le pavé se répercutait sous la voûte.

On ne rencontre plus par là de fiacres allant au pas, ou au trot.

II

Un de ces dimanches que je déambulais dans la rue des Acacias, j'ai reconnu devant le numéro 30 où nous avons habité, un saltimbanque que j'avais déjà vu ailleurs. Il n'est pas surprenant que nous nous croisions parfois : nous parcourons l'un et l'autre Paris. Moi, par désœuvrement, lui, pour gagner sa vie. Je suis toujours bien aise de le revoir lui et sa famille et sa chèvre savante et son cheval languide. Il a un fouet à la main et il est coiffé du chapeau de « cow-boy » que j'ai désiré des années durant. C'est ainsi que je me représentais Texas Jack ou Jim Kannah, le roi des batteurs d'estrade (j'étais conquis par cette expression que je ne comprenais pas).

C'était un jour d'été, les Parisiens étaient allés soit aux courses, soit au Père-Lachaise, au Prix de Diane ou au Mur des Fédérés, suivant leurs inclinations. Il n'y avait pas de spectateurs autour du dresseur, ce qui fait qu'il a écourté son numéro. Il s'est contenté de forcer sa chèvre à grimper sur l'escabeau, tandis que sa fille fumait une cigarette pour tâcher de combattre son ennui. Elle me fascine, cette Esmeralda malpropre, méprisante, à la figure barbare, peinte au minium, décorée d'accroche-cœur noirs ; elle ne se donnait même pas la peine d'agiter son tambourin. Le fils grattait rêveusement l'encolure du cheval jaunâtre qui n'avait rien à faire. Puis, ils se sont éloignés. Le vieux gitan avait replié l'escabeau qu'il portait sur son dos. Mauvaise journée, piètre recette. Dommage que les trois demoiselles qui aimaient le cirque ne fussent pas passées par là, ce dimanche.

C'est en face du numéro 30 que Brutus, notre chien, s'est fait écrabouiller par le fiacre, qui allait remiser, de mon ami Franck, de *L'Urbaine*. J'avais de la considération pour Franck, quand il avait son ample carrick beige, son chapeau de forme blanc et rigide. Il travaillait à Paris pendant l'hiver seulement ; au printemps, il retournait dans son Auvergne natale. Mais c'est plutôt par les pieds qu'il est resté dans ma mémoire : il gardait tout l'hiver une même paire de chaussettes qu'il n'enlevait qu'une fois rentré dans son village.

La mort de Brutus m'avait affligé. Mes parents m'ont offert un autre bâtard : Marquis, qui était moins affectueux que Brutus, et plus turbulent ; il mordillait sans cesse les habits, les chaussures, les bibelots. Les quelques photographies de famille que j'ai encore en ma possession sont griffées par lui, ou portent la trace de ses dents. Mes parents sont défigurés. D'ailleurs, le pauvre petit Marquis a été écrasé, à son tour, par un taxi-auto, un des premiers taxis Renault. Les chiens ni les gens n'avaient pas encore appris à se méfier des automobiles, il n'y avait pas de passages cloutés ni de signalisation d'aucune sorte. On marchait au pas.

Après cela, j'ai reporté ma sentimentalité sur les tortues, et sur des souris blanches, bien aimables, mais dont j'ai dû me séparer à la suite de protestations de la concierge qui a fait état de certaines rumeurs selon lesquelles il y aurait eu une épidémie de choléra dans la rue d'Armaillé, c'est-à-dire tout près de chez nous. Je portais malheur aux animaux.

* * *

La rue des Acacias s'est transformée. Les hôtels, les bars, les dancings ont, à l'heure qu'il est, des appellations étrangères : *Miami*, *Floride*, *Pennsylvania*, *Broadway*, *Captain*, *Honolulu*... Elle a beaucoup rajeuni ; elle s'est américanisée. On y boit, on y danse, on y festine. Il est vrai que, moi aussi, je m'y suis bien diverti, jadis, à ma manière. Par exemple, au jeu de quilles qui était derrière la boutique de « l'Italien », dans la cour (à peu près où se trouve *Honolulu* aujourd'hui). J'ai suivi des parties mouvementées. Quel fracas faisait la grosse boule de bois en renversant les quilles ! J'avais, pour mon compte, un jeu de quilles, mais tout petit. Oh, comme c'était captivant ! Et, par-dessus tout, lorsque c'était mon père qui réussissait un beau lancer. Mais, mon père jouait généralement sans ardeur. Je le suspecte de n'être venu là que pour lorgner de près la fille de « l'Italien » qui était, me paraît-il à distance, bien belle et plantureuse dans sa blouse immaculée. Elle dégageait un arôme de fruits secs et de viande fumée que je n'ai plus jamais retrouvé chez une autre femme.

En regard de *Broadway*, le petit débit de bois, vins et charbon est toujours ouvert. La devanture a été repeinte, mais l'encadrement de bûches est le même qu'avant. Le patron est bien jeune. Ce n'est pas lui qui m'a versé un verre de vulnéraire, ou d'arquebuse, après ma chute sur la tête dans la fosse du garage.

En 1910, il n'y avait qu'un seul garage dans la rue des Acacias, celui de mon père. On répétait autour, et au-dessus, de moi : « Son père travaille au garage. » Et je me rappelle que je tirais quelque gloriole de le savoir en contact avec toutes ces merveilles. Il me plaisait de l'entendre utiliser dans la conversation des mots nouveaux et étranges, tels que « magnéto », « dynamo », « chambre à air »... cela m'impressionnait autant, sinon davantage que : « typhoïde »... Les fonctions de mon père étaient subalternes : il « faisait » les cuivres. C'est en voulant serrer la main de Constant, le mécanicien, que j'ai fait la culbute ; c'était aussi avant Beaujon.

* * *

Je la connais, cette rue, par cœur ; je veux dire qu'elle passe par mon cœur. C'est en y traînaillant que j'ai commencé à épeler les signes de l'alphabet, par mes propres moyens, en déchiffrant les noms des commerçants écrits en lettres d'émail blanc sur les vitrines et, surtout, les titres des journaux pendus devant la porte de Mme Pubertin, la mercière (une amie de ma mère). Ç'a été un grand événement familial quand mes parents se sont aperçus que je faisais la différence entre *Le Matin* et *Le Journal* que je leur apportais tous les jours. Ils en ont conclu, un peu hâtivement, que je savais lire. J'avais cinq ans. Il paraît plus plausible que j'étais, par degrés, arrivé à distinguer les majuscules gothiques et contournées du *Matin* des caractères plus simples du *Journal*.

Mon père était fidèle au *Journal*, surtout à cause de la page littéraire du dimanche et des chroniques d'Octave Mirbeau et d'Alphonse Allais dont il me parle encore assez souvent. De son côté, ma mère aimait bien à lire les nouvelles de Charles-Henry Hirsch. Il y a eu aussi dans je ne sais lequel des deux quotidiens, un roman-feuilleton qui a marqué mon père : *Le Nyctalope*. De cela également, il lui plaît de reparler, et le parallèle qu'il fait avec les romans-feuilletons actuels n'est pas à leur avantage.

Les nyctalopes sont des êtres surnaturels qui ne voient que la nuit. Ils ont une longue queue et ils avancent par bonds sur une seule patte (peut-être se reposent-ils par instants sur leur queue ?) ; ils ont un œil au milieu du front. Sur ce dernier point, mon père montre de l'hésitation, il se demande s'ils n'ont pas un deuxième œil sur le derrière de la tête...

Quand ma mère n'avait pas le temps de faire la cuisine, elle m'envoyait chercher un demi-litre de bouillon de bœuf chez le boucher ; elle me remettait six sous qu'elle enveloppait dans un bout de papier, par prudence. Je me servais d'une boîte à lait que je m'amusais à balancer, mais une fois pleine je devais prendre garde à ne pas renverser le contenu sur quoi il ne tardait pas à se former une mince pellicule de graisse figée qu'il était tentant de crever du doigt.

Pour les jours de disette, nous avions en réserve un pot de « libique » ; avec une cuillerée de ce produit nouveau, on obtenait sans mal un excellent consommé. C'est pour son fumet que j'adorais le « libique » ; ça sentait le sang. En trouve-t-on encore chez les épiciers ?

Nous avions un régime alimentaire progressiste, hygiénique, très étudié. En cette matière, nous suivions la mode, ce qui nous amenait à consommer quantité de choses dont nous ne comprenions pas le nom : le « kaker o-atts »... Sur la boîte, un monsieur bedonnant nous tirait son tricorne. Il n'y a pas bien longtemps que, dans une sorte d'illumination, il m'est apparu que ce devait être un quaker.

— Ah, ouatte ! s'écriait souvent mon père avec un geste insouciant de la main.

On n'utilise plus cette expression dont le sens et l'origine m'échappent ; lui-même a renoncé à s'en servir. L'orthographe est peut-être : *Watt.*

D'autres fois, j'allais acheter, à la boucherie chevaline, un quart ou cent grammes de viande hachée. Nous avons toujours été hippophages, dans la famille. Cet appétit pour le cheval cru était partagé par beaucoup de Français. Notre médecin, le Dr Cassandre, nous l'avait ordonné, à titre de fortifiant.

Mon père avait pour règle de gober un œuf chaque matin, au réveil. L'opération requérait un certain tour de main : il crevait la coquille à la base et au sommet, à l'aide d'une épingle qu'il a toujours au revers de son veston. Ce qui est curieux, c'est que le jaune passe en entier par un de ces petits trous. Je n'ai jamais su gober les œufs.

Tout en faisant mes commissions, je récitais à l'infini les commandes dont j'étais chargé. Avant que je ne sorte, ma mère me disait :

— N'oublie rien.

A partir du palier, j'en faisais une manière de chansonnette, mais, dans le magasin, tout commençait à se confondre.

Les sujets de distraction ne manquaient pas, que ce fût la banderole de drap rouge de la teinturerie — cela ne se fait plus — que je saisissais au passage ou la boule dorée du coiffeur d'où pendait une queue de cheval semblable à celles de la Garde républicaine... Il venait par la porte des bouffées embaumées de « trèfle incarnat »... Trèfle incarnat, qu'est-ce que c'était ? Et « hair-dresser », qu'est-ce que cela voulait dire ? L'anglomanie était déjà en germe dans la rue des Acacias.

Mes parents avaient des goûts changeants, et des curiosités : un jour, ils voulaient du pain « polka », le lendemain du pain « boulot » ; cela ne simplifiait pas ma tâche. Je ne leur ai pas entièrement pardonné de m'avoir mis quelquefois dans des positions fort délicates. Ainsi dans cette affaire de jetons...

Un jour, après déjeuner, qu'ils ont été pris d'une envie de café chaud, ils m'ont envoyé, avec mon petit pot, au bureau de tabac de l'avenue Carnot, mais, au lieu d'argent, ils m'ont donné des jetons d'appareils à sous que mon père avait trouvés dans ses poches. Le cafetier n'en a pas voulu et je suis revenu avec mon petit pot vide. Je devais être très mortifié de son refus.

— Si je ne m'étais pas retenu, ai-je déclaré, je leur aurais lâché mon gaz.

Je n'étais plus tout à fait le garçonnet apathique d'avant. Il faudra que je revienne sur ces jetons « à consommer ».

La rue des Acacias débouche dans l'avenue des Ternes : tartines flamandes à la *Pâtisserie bruxelloise*, petits cadorets à la *Pâtisserie bretonne*, jouets à l'*Economie ménagère*, le restaurant Chartier où, sur le menu affiché dehors, les plats recommandés étaient écrits d'une encre violâtre et, semblait-il, d'une main tremblante.

12

C'est dans cette rue que je me suis épris de l'automobile. Je l'ai connue là, toute petite quand elle faisait ses premiers pas, dans les années six, sept, huit... Elle avait déjà ce parfum de pétrole, d'huile et de caoutchouc. C'est ainsi que, grandissant ensemble, nous voyant tous les jours, j'en suis devenu amoureux.

J'ai encore la tête emplie de tous les noms qu'elle a successivement portés : *Clément*, *Georges-Richard-Brasier, Mendelsohn, Darracq, Motobloc, Léon Bollée, Girardot-Voigt, Pipe, Turcat-Méry, Grégoire, La Licorne, De Dion-Bouton, Desmarais-Morane, Charron, Mors, Luc Court*... Je me souviens aussi des pneus *Continental, Souplefort* et *Le Gaulois.*

Au faîte d'une maison voisine, on avait érigé une statue en zinc de Vercingétorix, ou du moins ce guerrier moustachu lui ressemblait fort. Elle me paraissait immense ; j'en avais très peur. C'est là que se trouvaient les bureaux des pneumatiques *Le Gaulois.*

* * *

Le désir d'en avoir une, de la manier, de la diriger était en moi et, dès que ma situation sociale s'est tant soit peu affermie, je me suis mis à y réfléchir. Il m'en fallait une, comme d'autres voudraient une femme. A tout hasard, j'ai passé les épreuves du permis de conduire. C'est peu de temps après qu'il m'est tombé sous les yeux une annonce de journal ; on y voyait la reproduction d'une torpédo sous quoi il était écrit :

ELLE EST A VOUS !
vente à crédit
LE ROI DE L'OCCASION

Avais-je oublié les tracas et les vexations sans nombre que nous avaient valu, à ma mère et à moi, les tractations commerciales à tempérament et, singulièrement, les frayeurs que nous occasionnaient une fois par semaine les abonneurs du *Bon Génie* ?

Je me suis rendu sans tarder à l'adresse indiquée, dans une petite rue, à Montmartre, où j'ai été reçu affablement par un monsieur en blouse blanche. Etait-ce le Roi de l'occasion en personne ? Je ne l'ai jamais su.

— Choisissez, m'a-t-il dit.

Ce n'a pas été long : j'ai reconnu, au centre du hall, sur un socle, en pleine lumière, la torpédo, plus belle qu'en photo, repeinte à neuf, dans un gris trianon ; elle était superbe.

— Ah, on peut dire que vous avez du flair, vous ! s'est exclamé le Roi, ou son second. Elle vient d'être entièrement révisée, les pistons ont été réalésés. C'est une affaire exceptionnelle.

Eh ! oui, j'avais du flair ; j'ai toujours eu du flair. Et puis, j'étais heureux d'entendre de nouveau des néologismes techniques qui rappelaient ceux qu'employait mon père. Avec un mot savant, on fait de moi ce que l'on veut.

Elle était à moi. Il m'a suffi de déposer cinq cents francs d'arrhes. Allais-je pouvoir sauter dedans, sur l'instant ? Non, il restait quelques formalités sans grande importance à remplir. Le Roi en parlait avec légèreté : une simple enquête sur ma solvabilité. J'avais sûrement des répondants, cela ne faisait pas de doute ; j'avais de la mine étant jeune.

— Je vous la réserve ; revenez dans huit jours.

Et, durant huit jours et huit nuits, j'ai déliré sans trêve ; je me voyais roulant et pétaradant à des vitesses excessives, à travers des paysages inconnus. Quelles jolies songeries j'ai faites au volant de l'auto grise ! Après une semaine de ces extravagances, je suis retourné à Montmartre. J'ai compris tout de suite qu'il y avait quelque changement : en bref, je passais de l'illusion à la réalité.

— Les renseignements que nous avons eus sur vous ne nous permettent pas de conclure l'affaire, m'a déclaré sèchement le Roi de l'occasion.

Je me suis senti coupable de je ne sais quels méfaits, j'étais pourtant alors un garçon des plus recommandables, à tous égards. L'auto grise était encore là, au milieu du local, comme un appât pour d'autres adolescents passionnés de mécanique ; plus attirante encore qu'avant, mieux astiquée peut-être. J'ai tout de même fait une allusion aux arrhes que j'avais versées. Le Roi m'a répondu qu'elles lui restaient acquises « pour frais de dossier ». Il n'était plus du tout aussi gentil que lors de notre précédente rencontre. J'ai dû protester quelque peu, ce qui n'est pas dans mes habitudes.

— Si vous n'êtes pas content, m'a-t-il répliqué avec un sourire qui m'a paru cynique, envoyez-moi du papier bleu ; vous ne serez pas le premier.

En sortant de là, j'étais triste, doublement : je venais de perdre cinq cents francs, mais surtout j'avais été dépouillé d'un rêve, c'est plus grave. Je m'étais vu rentrant à la maison dans ma voiture.

En face, ou presque, du Roi de l'occasion, il y avait une étude d'huissier. Du papier bleu ? J'allais lui en envoyer. Mais, le clerc à qui j'ai exposé mon cas, m'a déconseillé de m'attaquer au Roi.

— Cela vous coûterait trop cher.

Pour la première fois de ma vie, j'ai eu l'impression d'être pris dans une sorte de traquenard. Je n'avais que ma bonne foi pour moi, et mon indignation, c'est-à-dire peu de chose, tout comme le jour où l'on avait démoli mon pâté de sable à coups de pied.

Et j'ai tâché de ne plus y penser, mais pendant bien longtemps j'ai eu la nostalgie de l'auto grise. Il se peut que je n'aime plus jamais rien au monde autant qu'elle. C'est, en tout cas, depuis cet incident que je suis dégoûté de la vente à long terme. Il faut, répète-t-on, que chacun fasse ses propres expériences.

* * *

J'étais, à n'en pas douter, un jeune homme obstiné ; je me suis mis à économiser dans le dessein d'en acquérir une, au comptant ; j'espérais en outre, et accessoirement, séduire, grâce à elle, une demoiselle de Sarrebruck dont je venais de faire la connaissance. Elle s'appelait : Mia.

Et, un jour, je me suis trouvé possesseur d'une 6 CV. Renault, du type « tous temps ». Expliquons-nous : c'était un modèle hors série, très perfectionné, d'une conception audacieuse. Grâce à un ingénieux système de glaces mobiles et de boulons, vous aviez une voiture découverte à la bonne saison et une conduite intérieure pour les grands froids. En somme, deux voitures dans une. Trois personnes, en se serrant, y tenaient « en trèfle » — encore un de ces raffinements dont on ne saurait se faire idée aujourd'hui. Je me suis vite complu à ses formes originales, changeantes, et déjà un peu hors de mode : haute sur roues, comme montée en graine ; elle tenait encore de la victoria et du coupé. Sa couleur réséda n'était pas du tout banale. Quant au moteur à deux cylindres, il n'était pas trop usé.

On me l'a livrée à ma porte. J'ai tenu à en faire l'essai sur-le-champ et j'ai invité mon père à cette petite fête. Elle a démarré brusquement, un peu contre mon gré ; j'avais dû heurter une manette. Le vendeur m'avait prévenu : elle était nerveuse. Nous roulions de plus en plus vite car la rue Serpollet est en pente. Je me suis rendu compte que j'avais oublié tout ce que l'on m'avait enseigné à l'école des chauffeurs. Certes, j'avais mon permis en poche, mais il me manquait sûrement de la pratique. Arrivé au bas de la descente, je ne me rappelais toujours pas ce qu'il convenait de faire pour arrêter ce véhicule. Mon père avait l'air anormalement nerveux. Par bonheur, je savais très bien tourner ; c'est ce que j'ai fait, à plusieurs reprises, sur la place, tout autour du monument sculpté à la mémoire de Serpollet l'inventeur, comme on sait, de la voiture à vapeur. J'ai su attendre l'instant où elle s'est immobilisée d'elle-même, tout près de l'entrée d'un garage. Il est possible que les spectateurs de cette ronde involontaire l'aient prise pour une manière d'hommage tardif rendu par l'apprenti au pionnier.

Après ces débuts, j'ai causé une suite d'accidents, plus ou moins notables. Mais, fort heureusement, c'était, ainsi que me l'avait affirmé le vendeur, « de la petite voiture solide ». J'ai réussi à la casser quand même, assez rapidement.

Le dimanche qui a suivi l'achat, j'ai emmené toute la famille en banlieue ; nous avons poussé une pointe jusqu'à Antony. Entre temps, je m'étais offert une casquette de coupe anglaise, ce qui, dans ma pensée, devait contribuer à accuser ma tournure sportive. Ma mère m'admirait. J'étais en progrès. Sur le chemin du retour, la pluie s'est mise à tomber ; c'est en de telles circonstances que l'on apprécie les avantages d'une « tous temps ». En traversant la place de Rennes, j'ai renversé une vieille Bretonne à coiffe ; elle s'est relevée, puis a disparu en courant. Je voudrais préciser qu'en ce temps-là, les freins sur roues avant n'existaient pas encore. Et j'en viens à me demander comment il se fait que je n'aie pas écrasé beaucoup plus de personnes.

Depuis le jour où j'ai bousculé la Bretonne, ma mère s'est refusée à monter dans ma voiture. Mon père, lui, a tenu bon. C'est, tout comme moi, un fervent de la route. Et nous avons poursuivi, à deux, nos tournées banlieusardes qui se terminaient rarement sans quelque anicroche. Un après-midi, à Bourg-la-Reine, j'ai emporté tout un étalage de fruits et de légumes. Il ne m'en a coûté, je m'en souviens, que cinq francs pour le dommage causé au boutiquier. On vivait à bon marché.

Ah, ç'a été charmant !

C'est en allant à Valmondois, en compagnie de deux dames russes, que j'ai mal pris mon virage et que l'auto s'est retournée, « fond sur fond », comme on dit en Suisse. Les dames ont été blessées. Moi, je me suis retrouvé en bon état. En y repensant, je trouve cela bien excitant. Nous transportions des gâteaux à la crème... J'ai pu revendre ma « tous temps » au prix de la ferraille ; j'en ai obtenu huit cents francs, frais d'enlèvement non déduits. Pourquoi ce détail m'est-il resté en mémoire ?

* * *

J'ai continué. Avec le temps, je suis devenu un chauffeur consommé ; j'ai fait de grandes randonnées dans les deux hémisphères ; j'ai tué un cheval ; j'ai failli écraser un petit mulâtre, soldat dans l'armée uruguayenne, qui ne s'en est d'ailleurs pas aperçu ; il est peut-être caporal aujourd'hui... Mais, je n'en finirais pas de rapporter mes états de service d'automobiliste.

Ils sont loin les emportements qui avaient pris naissance rue des Acacias. Je ne l'aime plus, l'automobile. Et je suis heureux de m'en être tiré sans qu'il y eût mort de personne, à part le cheval américain.

*
* *

L'autobus me suffit, c'est moins dangereux.

*
* *

Qu'est-ce que j'aime ? J'ai le cœur en veilleuse.

Je suis à sec ; je suis un désert sans eau où je meurs de soif. Je vis seul, je mourrai seul, sans secours. On n'en saura rien. Un cadavre se décomposera lentement, là, dans un coin de cette chambre ; le téléphone sonnera lugubrement, personne ne répondra... Pas même un chien pour hurler à la mort.

Après ma chute dans la fosse, j'ai été conduit à Berck-Plage où je suis resté trois ans en traitement, dans le sel et le vent, dans les larmes. J'ai mal supporté la séparation. Il semble qu'il m'a pleuré dessus durant ces trois années ; je me suis érodé à Berck...

Petits enfants, prenez garde aux flots bleus...

C'est une romance que Dalbret avait chantée à l'*Eldorado* quand j'y allais encore.

Il m'est revenu que, pour acquitter les frais de pension, mes parents ont été contraints de perpétrer des actes délictueux — quelques escroqueries — sur une échelle d'ailleurs des plus modestes.

De là, je leur ai envoyé des cartes postales que j'ai retrouvées ; elles sont toutes affranchies à dix centimes : coucher de soleil, les adieux, pêcheuses de crevettes dans la baie de l'Authie, le carrefour de l'Entonnoir (en couleurs), panorama pris en cerf-volant Gomès et Cie à 150 mètres de haut, joyeux ébats sur la plage... Joyeux pour qui ?

Elles sont expédiées rue des Acacias, d'abord à M. et Mme (ce n'est pas moi qui rédigeais l'adresse), puis à : Mme, seulement. Dans la partie réservée à la correspondance, j'écrivais toujours à peu près la même chose : j'accusais réception de mes illustrés, ou du chandail que ma mère avait tricoté, j'affirmais que je m'amusais bien (ce n'était pas vrai), et, comme pour en apporter la preuve, je rajoutais un « s » : je m'amussais bien.

De même que je mettais deux « s » à baisers, mais cela se comprend mieux, je les doublais ainsi, je les étirais afin qu'ils parussent plus longs, qu'ils n'en finissent pas. Sous ma plume, mille « baissers » en faisaient deux mille, au minimum.

Se peut-il que je n'aie jamais rien dit d'une petite infirmité dont j'ai souffert jusqu'à l'âge de huit ans ? Il n'est pas trop tard. J'avais, au bord de l'oreille, une minuscule excroissance de chair que j'appelais ma sonnette. Lorsque quelqu'un voulait bien appuyer dessus, je contrefaisais la sonnerie, avec la langue. On en riait beaucoup, moi aussi ; mais, en moi-même, je devais être un peu triste, si je m'en rapporte à une lettre datant du jour de l'opération. La voici :

Berck-Plage, le 10 juillet 1912.

Chers maman,

Ce matin monsieur ménard m'a fait l'opérasion a mon oreille, il a eu beaucoup de travaille après, il était avec une docteresse, je n'ai pas pleurer, on ma pas endormi je ne l'ait pas beaucoup senti car on m'avait insensibilisé je ne sait pas le dire mais je sait l'écrire ce mot (il y avaitait) sait la docteresse qui la gardé le machin pour étudier dessus. il y avaitait une belle racine tu parle s'était jeaune come un (nège) chinois pasqueu la docteresse lavait retourné sait pour sa, c'était come une seconte oreille il y avait du sang et du croquant dedans. et jai beaucoup saigné. monsieur ménard m'a fait par trois fois un ligature afin d'aréter le sang il na pas mis un pensement il ma mis seulement une petite loque et samedi je dois y retourner pour soigner la petite plaie. je vais étre come les autres maintenan, on ne dira plus que jais une boucle (doreille) doreille, et je serai (be) beau carçon Robernion viendra samedi, gran Raymond viendra Dimanche, quand je réviendrais au garage on se moquera plus de mois. Cette hivere je travaillerait bien encllase puisque je suis guéri. coment. vas tu Merci de tes deus carte — Il fait lour s'ets un t'emps orageux, cette apré midi je reste à la maison s'est le docteur qui la dit. je fait le tapisier avec madame Génot. en mangent un àbricot jai fait un (veau) voueux sétait les premiers de l'anée. le voeu était pour toi jai demandé que tu n'ai plus de peine et que tu soi heureuse, Le bonjour a madame (mige) migneton et comme elle est jentille pour toi et bien moi ausi, Dit a George qui mécri un peu je suis bien portant, au lieu détre hiers quon ma cou pé mon machin ou ma machine s'était haujourdui sait pasque il y avai un malade quon opérait. tu croi que jétai pas si bien que les autres jours au contraire, jétait content quon me l'avait quoupé pasqueu jétait beau quescon ne ferais pour être beau ie ne sai pa quel métiers entreprendre je voudrai bien faire videngeure mais puisque ma cousine ne voudrais pa de il est apart je ferai ébéniste tapisier fleuriste nene parlon plus mille baiser à toute la sosiété

Et j'avais signé d'une façon peu simple. La directrice de la pension confirmait en note (avec quelques fautes d'orthographe à elle) que l'opération s'était bien passée.

13

J'ai aussi habité rue Serpollet, avec ma mère. La maison existe encore, au fond d'une cour ; elle résiste.

Le bas de la masure a été consolidé ; on en a fait un garage ; un de plus.

On ignore peut-être qu'il est, dans ce quartier de l'Etoile, glorieux et cossu, des taudis où des hommes et des femmes, et leur marmaille, tâchent à vivre sans air, et sans confort, sans eau et avec des cabinets sans porte, sur le palier.

Mes parents demeurent toujours là-dedans.

C'est par cette large porte que, tous les matins, je partais pour l'école de la rue Saint-Ferdinand. Le trajet est court et sans danger. Il n'y a pas dc chaussée à traverser. Je suis sûr que ma mère me faisait pourtant cent recommandations de sagesse. Elle ne pouvait m'accompagner car elle confectionnait à la pièce des jabots, en ce temps-là. De bien jolis jabots de mousseline légère que nous allions livrer en fin de semaine chez Mlle Bessières, rue des Acacias.

Mlle Bessières était paralysée des jambes. Elle circulait d'une chambre à l'autre de son logement dans un fauteuil roulant dont j'aurais bien voulu me servir.

Un jour de l'an, elle nous a fait un affront qui reste inexplicable. Nous voulions lui présenter nos souhaits ; nous lui avions apporté un bouquet ; elle n'a pas voulu ouvrir. Ma mère a pleuré sur le chemin du retour. Aujourd'hui encore, elle voudrait savoir pour quelle raison Mlle Bessières a refusé de nous recevoir. Ce n'est tout de même pas parce qu'elle faisait un peu de « gratte » sur la mousseline...

Je devais descendre la rue en courant, mon cartable me battant le derrière. Je me figure entendre le bruit de mon plumier cognant à chaque foulée contre mon ardoise. Je portais aussi un de ces petits paniers d'osier à deux couvercles contenant un flacon de vin coupé d'eau et mon dessert, car je déjeunais à la cantine. Ces petits paniers ne sont plus en usage ; ils ont cessé de plaire, tout comme les jabots.

J'ai voulu recommencer le même itinéraire, de la maison jusqu'à l'école. C'était une rentrée des classes retardée de plus de quarante années. Il me semblait guider un garçon pâlot, coiffé à la chien, qui me ressemblait comme s'il eût été mon fils. Je serrais sa petite main dans la mienne. Mais je marchais trop vite pour lui. Singulier spectacle que cet homme entre deux âges se penchant sur un revenant, de petite taille, vêtu d'un tablier noir, qui trottinait à son côté.

A la place, nous avons tourné à droite, sans changer de trottoir. J'ai reconnu l'odeur de poussier du dépôt de charbon du coin ; un peu plus loin, l'odeur fraîche du lait de la crémerie... Drieu La Rochelle s'est suicidé derrière le mur de ce pavillon, il y a six ou sept ans. Qu'est-ce que c'est qu'un an de plus ou de moins, pour un mort ? Les odeurs sont plus durables que les gens.

Sur cette place, au pied de la statue de Serpollet, il y avait, vers 1925, de bruyantes réunions de clochards, cinq ou six et une femme pour qui ils se battaient sauvagement à coups de bouteilles vides, le dimanche après-midi. Un avocat leur faisait don de cent francs par semaine.

Nous ne nous sommes pas arrêtés à la devanture de *L'Ecolier*. J'aurais dû acheter quelque sucrerie que j'eusse glissée dans le petit panier d'osier, un dessert supplémentaire. Je sais qu'il était friand de guimauve et de bois de réglisse. Oui, quelque douceur pour faire mieux passer la vie qu'il avait devant lui. Des boules de gomme... Il est vrai qu'il lui en eût fallu plus qu'aucune boutique n'en a dans ses bocaux.

Et nous nous sommes quittés sur le perron de l'école. L'enfant taciturne a disparu dans le couloir sans que je l'aie embrassé — j'en avais grande envie — ni même renoué sa lavallière qui s'était défaite en cours de route.

Un écriteau est fixé au mur : *Association des Anciens Elèves*. J'aurais le droit d'être membre de ce cercle. Il est bien tard, sans doute, pour poser ma candidature. Je n'ai jamais fait partie de rien...

* * *

Je viens de remettre la main sur un de mes vieux cahiers de l'école de la rue Saint-Ferdinand. Sur la couverture rose et marquée aux armes de la ville de Paris : *Fluctuat nec mergitur*, je vois mon nom tracé maladroitement.

En revanche, j'ai fait quantité de gentils dessins tout le long des marges : un chameau, un rossignol, un soldat, une huître, des fleurs... Je ne me savais pas si talentueux.

A la manière toute personnelle dont je conjuguais le verbe : « ne pas s'émouvoir », je m'aperçois avec déplaisir que la grammaire n'était pas non plus mon fort :

Présent : *Je ne m'émouvois pas, tu ne t'émouvois pas...*
Passé simple : *Je ne m'émeutai pas, tu ne t'émeutai pas...*

Zéro en grammaire.

Là-dessous, une annotation de mon maître, à l'encre rouge (il avait une belle écriture, lui) :

« Le jeune Calet devient très bavard et trop inattentif. »

Zéro de conduite.

Depuis lors, je me suis appliqué à me corriger : je bavarde de moins en moins, mais je suis resté inattentif, malheureusement.

* * *

A la dernière page du vieux cahier, j'ai trouvé un problème difficile :

« Notre infanterie de ligne se compose de 162 régiments de chacun 3 bataillons. Chaque bataillon comprend 4 compagnies de chacune 108 h. Quel est l'effectif de notre infanterie ? »

Solution :

« Dans une compagnie il faut 108 h.
ou 108 × 4 = 432 h.
432 h. × 3 = 1 296 h.
1 296 h. × 162 = 209 952 h.

Réponse :

Notre infanterie compte 209 952 h. »

C'était un problème d'actualité, nullement abstrait. En effet, la page est du 29 juillet 1914. Après quoi commençaient les grandes vacances, pour nous, les enfants. Pour les autres, commençait une grande guerre. Il n'était donc pas inutile de connaître l'effectif exact de notre infanterie de ligne.

Comme on sait, les 209 952 h. n'ont d'ailleurs pas suffi.

14

Mes affaires — ou ce que nous conviendrons d'appeler ainsi — m'ont conduit dernièrement à Neuilly-sur-Seine. J'ai peu de relations par là ni aucune attache familiale. Ma race est, dans son ensemble, originaire des hauteurs de Ménilmontant. Bref, je connais très mal Neuilly. Mais, au contraire, de l'autre côté de la Seine, un peu plus loin, à Puteaux, précisément, je me sens comme chez moi : j'y ai été prisonnier durant une longue période. En toute franchise, je devrais dire que je n'ai gardé rien que des souvenirs déprimants de cette commune de banlieue, si je n'avais de plus en plus tendance à bricoler sur mes anciennes années, à y apporter constamment des améliorations, de petites retouches. C'est malgré moi. Si j'en ai le temps, je reparlerai de Puteaux, tout à l'heure. Les braves gens chez qui j'étais plus ou moins en pension, s'ingéniaient pourtant à me distraire; le fils achetait des disques de phonographe tout spécialement pour moi : *Sur un marché persan*, de Ketelbey, que je connais encore très bien, et *Le chasseur et son chien* de je ne sais plus qui, avec aboiements et coups de feu véritables.

Pour être exact, il me faut ajouter que j'ai fréquenté Neuilly passagèrement et par nécessité, il y a environ vingt-cinq ans. J'étais alors un tout jeune homme ; je faisais mes premiers pas dans la carrière d'employé de bureau où, entre parenthèses, je puis m'enorgueillir d'avoir obtenu des succès nombreux. Une maison d'accessoires pour cycles et automobiles m'avait confié son service du classement. Je n'en étais encore qu'aux échelons du bas. Notre article-vedette, comme on dit à présent, était la trompe *Ténorino* qui émettait de fort jolis sons aigus. Pourquoi m'a-t-on renvoyé ? N'étais-je pas assez mûr pour cette fonction ? A-t-on estimé que le classement dépassait mon entendement du moment ? Pourtant, j'ai toujours aimé l'ordre, en général ; je crois l'avoir prouvé. Quoi qu'il en soit, je postulerais volontiers le même emploi aujourd'hui ; il est presque sûr que je m'en tirerais fort bien.

A la réflexion, je m'aperçois que, comme mon père, j'ai été bien souvent mis à la porte dans ma vie ; cela tient sans doute à mon extérieur rebutant, à ma grimace un peu dégoûtée. J'en arrive à m'étonner d'avoir encore quelques amis.

J'allais omettre de mentionner qu'étant petit je suis allé bien des fois à la fête à Neu-Neu. A l'entrée, il y avait un petit train qui peut paraître ridicule en regard du « Train bleu » de l'avenue du Maine. Mais il sifflait, je crois, quand nous nous engouffrions dans le tunnel obscur et effrayant. Des drapeaux français décoraient la machine dont les cuivres étincelaient. On eût dit une inauguration ininterrompue.

*
* *

Donc, je me trouvais à Neuilly, ces jours-ci ; dans la partie la plus aristocratique de Neuilly, en bordure du Bois. J'étais porteur d'un rôti de veau cru emballé dans un journal. Car j'avais été prié à déjeuner. Invitation d'un caractère assez particulier : on m'avait enjoint d'apporter la viande, sans me donner d'ailleurs des instructions claires. Quelle sorte de viande ? On me laissait juge. Je m'empresse de déclarer que ce n'est nullement une coutume locale. Mes hôtes n'étaient pas d'authentiques habitants de Neuilly (comment les appelle-t-on ?), ils ne faisaient que prendre des vacances dans un appartement inoccupé.

Je ne suis pas très ferré sur les viandes ; je m'étais souvenu d'avoir vu quelques mois plus tôt chez un boucher de mon quartier, rue Daguerre, une immense banderole portant ces mots :

GRANDE DEBACLE SUR LE VEAU

Cette courte phrase s'était inscrite dans ma mémoire, ce qui prouve, si c'est nécessaire, l'efficace de la réclame. J'étais allé là en me disant que la débâcle continuait peut-être. Non, le calicot avait été enlevé. Pour mettre un terme aux questions gênantes du patron, j'avais montré du doigt, à tout hasard, un petit tas mou et blême.

— Ah, ça c'est un morceau bien placé, m'avait-il dit.

Tant mieux.

* * *

Mais, j'étais largement payé de mes peines... Quel calme dans ces rues droites, quelle propreté. Cela me rappelait la Suisse ou quelque ville d'eaux, toute neuve. De hauts immeubles de construction récente, des hôtels particuliers, des châteaux au fond de parcs ombreux... De la verdure partout, des espaces vides, des façades bien entretenues... ce qui me fait penser que nous aurions grand besoin d'être ravalés, nous, et non seulement les dehors... Comment se fait-il que nous salissions à ce point nos demeures et tout ce que nous touchons ? Nous devons avoir les mains sales.

Les passants, peu nombreux, étaient tous bien habillés. Ils parlaient sans élever la voix, en une langue qui m'a paru être le français, légèrement différent du nôtre cependant, dépourvu du moindre accent. En tout cas, leurs pensées étaient d'un très bonne qualité — c'était visible. Mais pourquoi l'expression de leurs visages était-elle si sérieuse, et même un peu tendue ? C'est bizarre. Ils m'ont donné l'impression d'une classe opprimée.

Et même les deux cantonniers qui mettaient des pavés en équilibre, travaillaient en silence, correctement. Ainsi, rien ne détonnait à cette heure, à part moi : je suis une fausse note, partout. Des taches apparaissaient par endroits sur mon petit paquet de veau du quatorzième. Qui eût cru qu'une viande aussi pâle pût encore saigner ?

Après tout, j'étais peut-être convié à une surprise-partie. N'avais-je pas entendu dire que, dans ces circonstances, chaque invité est tenu d'apporter quelque chose. Moi, j'étais chargé du rôti. Nous allions certainement bien nous divertir.

*
* *

Comme j'étais en avance, j'ai décidé d'aller jusqu'à Puteaux. Il suffit de franchir les deux bras de la Seine. Dès que l'on a mis le pied sur le pont de fer, le changement est complet. Les eaux territoriales de Neuilly sont, à tort ou à droit, occupées par des Putelliens qui se livrent à la pêche à la ligne dans des barques sur deux rangs. Ils se font vis-à-vis ce qui doit, assurément, doubler leur plaisir.

Les effluves de graisse proviennent du *Martin Pêcheur*, une sorte de ponton-café-restaurant où l'on vend des frites à quarante francs la portion. Il est écrit sur une pancarte :

ON PEUT APPORTER SES PROVISIONS

On eût sûrement accepté de cuire ma viande. En plus de cela, j'aurais commandé une portion de frites et un verre de vin. Mais j'étais attendu...

Sur la rive adverse, j'ai retrouvé les tanières que j'avais connues vingt ans auparavant. Elles sont plus délabrées qu'alors, ce qui est naturel. Et nous, ne sommes-nous pas plus abîmés qu'alors ? Les lézardes, les crevasses, nous les avons dans le cœur.

J'allais là, de temps en temps, à *La Civette du Pont*, près de la chapelle ; Blanche s'y trouvait déjà parmi la moisissure et le relent fort de l'eau. Le soir tombait mais le patron n'éclairait pas la salle pour deux clients de si peu d'importance ; nous nous hasardions à faire quelques projets d'avenir dans l'obscurité, puis, à la toute dernière minute, nous étions pris d'une mimique nerveuse. On ne pouvait pas se quitter comme ça...

Des Kabyles, furtifs et frileux, vaguaient deux par deux en se tenant par le petit doigt. J'avais dû avoir la même dégaine de personne déplacée quelques instants avant, à Neuilly.

Il est bon que le fleuve forme une ligne-frontière naturelle entre deux populations aussi différentes l'une de l'autre.

* * *

En m'en retournant à Paris, débarrassé de mon paquet, j'ai été le témoin passif d'un accident de la circulation. Oh ! rien de grave. A un croisement de rues, un jeune cycliste est venu se jeter sous les roues d'une automobile. Il a été projeté assez loin. Quand on l'a relevé, il se tenait encore la tête à deux mains, comme les gosses qui s'attendent à recevoir d'autres coups. Un monsieur à cheveux blancs est descendu de la voiture. Il y avait une petite flaque de sang sur la chaussée. Des agents sont arrivés. Il a été facile de démontrer au vélocipédiste qu'il avait tous les torts. Pendant ce temps, il faisait des singeries. Apparemment, il n'allait pas très bien. Le monsieur, accompagné d'un policier, l'a emmené, dans sa propre auto, vers une pharmacie ou un hôpital. Il a dû tacher les coussins.

Ce qui m'a frappé, c'est que cette scène s'est passée sans esclandre. Chez nous, on eût fait du raffut. De la part des gens du lieu, il n'y avait rien d'étonnant à ce qu'ils se fussent comportés avec décence, mais il est plus étrange que la victime elle-même, un loustic en chandail et en « short », si je ne me trompe, une tête brûlée, que ce type ait compris intuitivement que les gros mots n'étaient pas de mise en l'occurrence. Malgré tout, cet incident avait laissé une note de vulgarité déplorable, sinon tout à fait déplaisante, en ces rues ordinairement tranquilles.

15

Du côté de la porte Maillot, j'ai eu une autre déception : on avait démoli *Luna-Park*. C'est bien regrettable. Pourquoi s'acharne-t-on ainsi sur nos souvenirs à coups de pioche, à coups de canons, alors que nous n'en avons presque plus.

Tout a disparu : les deux grandes tours blanches de l'entrée, du haut desquelles des hommes en redingote rouge sonnaient du cor de chasse, sous un croissant de lune fait de cent petites ampoules électriques, et accroché dans le ciel au moyen de je ne sais quel artifice. Et le waterchute, et le scénic-railway... Rien, il ne reste plus rien qu'un vaste terrain vague entouré d'une palissade.

J'ai eu la curiosité de regarder par un interstice ; j'ai pu apercevoir quelques marronniers, quelques peupliers défeuillés, des gravats en tas, des poutrelles déjà rouillées. Et seul, au centre de ce lieu désolé, se tenait un énorme nègre, tout nu, en position de combat... Cela m'a réjoui de le rencontrer là. Car, je l'avais remis tout de suite : c'était Jack Johnson, un champion du monde incontesté. On ne jurait que par lui dans mon enfance. Il y a eu aussi Bombardier Wells et Joë Jeannette (de nos jours, les boxeurs n'ont plus d'aussi jolis noms). Georges Carpentier n'est apparu que plus tard, si je ne m'abuse.

En quelle matière était Jack Johnson ? En métal ? En carton-pâte ? Je ne saurais le dire. Qu'importe. Mais pourquoi l'avait-on abandonné là ?

Nous avons tous connu ces mannequins qui servaient à mesurer notre puissance musculaire. Ils ont eu beaucoup de vogue, autour des années 1908, 1909 et 1910... On donnait des coups de poing dans le ventre rembourré du nègre, l'aiguille d'un cadran se mettait en mouvement et vous renseignait sur vos capacités physiques. Et l'on partait joyeux et plus sûr de soi qu'auparavant ; on ne craignait personne au monde. N'avions-nous pas 209 952 h. sous les drapeaux ? Le moral des Français était également excellent. « Qu'ils y viennent ! », se redisait-on avec des sourires un peu bravaches. Ils sont venus.

Pour ma part, je n'ai jamais tapé dans le nombril du nègre, non point que je n'en eusse pas eu souvent l'envie, mais je me savais d'une force très moyenne : l'aiguille n'eût presque pas bougé.

La conjoncture était agréable et réconfortante. On sortait de son isolement, on se sentait épaulé par le lion britannique, d'une part, et par l'ours moscovite, d'autre part ; on regardait au loin, on traversait une crise d'anglophilie dont les effets retentissaient jusque sur notre langage, on apprenait des mots anglais et même des phrases entières : *All right ! Yes. No. How do you do ? Pas mal, et vous ?* ; on délaissait la lutte à main plate pour la boxe (le « noble art »), on dansait le cake-oualk...

Mademoiselle, connaissez-vous l'cake-oualk ?
On s'met l'bidon en tir'bouchon.

On dansait aussi la matchiche... En somme, on rigolait ferme.

En mon for intérieur, j'ai toujours porté un intérêt constant à la boxe ; il faudra que j'assiste un jour à un match, mais, par malheur, il n'y a plus de « tenant du titre » (est-ce ainsi qu'il faut dire ?) de la valeur de Jack Johnson.

* * *

Le moment est venu de reparler des appareils à sous : il y en avait dans tous les bars. On voyait l'imposant Jack Johnson, les bras croisés, ce qui faisait saillir ses biceps, dans une attitude que j'ai, bien des fois, tenté d'imiter devant les glaces. Sur le fronton de la boîte, on lisait :

JACK JOHN... SONNE

Il ne suffit pas d'écrire que l'époque était riante : elle était aussi spirituelle. Jack John... sonne, et, effectivement, quand la bille d'acier entrait dans la case du milieu, vous n'aviez plus qu'à tourner une manette qui déclenchait une sonnerie et une cascade de jetons, fort douce à l'oreille. Il n'y avait qu'une seule case étiquetée : « gagné », mais il y avait plusieurs trous marqués : « perdu » ou « réservé ».

Ce doit être alors que j'ai pris goût aux jeux de hasard. Mon père me soulevait de terre pour que je puisse introduire dans une fente de la couleur de mon choix les pièces de deux sous qu'il avait toujours dans une poche de son gilet. Il pensait que je lui portais veine. Et d'ailleurs ses amis disaient toujours :

— C'est la main de l'innocence.

Ce qui était vrai.

Mais on ne gagnait jamais que des jetons sur lesquels il était mentionné : « A consommer *en boissons* » ; les tenanciers ne les acceptaient pas en paiement de croissants ou de sandwiches, non, il fallait boire. Et sur place. C'est pourquoi l'on m'avait éconduit lorsque je m'étais présenté avec mon petit pot. Plus tard, j'ai fait fréquemment cette mauvaise expérience d'être obligé de boire quand j'avais surtout faim. En définitive, on a eu raison d'interdire les appareils à sous.

Durant quelque temps, mon père s'était, plus ou moins, associé avec un copain qui fabriquait à domicile des disques de cuivre qui avaient le même poids et le même format, à un millimètre près, que les pièces de deux sous. C'était un très bon artisan. Avec ces disques, ils vidaient la réserve des appareils. John sonnait continuellement. C'était du pillage...

Il y avait pourtant des précautions à prendre : il fallait former un groupe devant l'appareil, faire nombre et profiter de l'inattention pour glisser le disque d'une certaine façon. C'était tout de même assez compliqué. Mais, en réalité, pas très dangereux. Les risques étaient infiniment moindres qu'avec la fausse monnaie à proprement parler. Cependant, il convenait de ne jamais retourner deux fois dans le même bistrot, ce qui nécessitait presque une sorte de fichier, tenu sans cesse à jour.

Au fond, l'objectif de leur entreprise demeure pour moi assez confus ; je n'arrive pas à comprendre ce qui poussait mon père et son copain à se donner tant de travail pour un profit d'autant plus dérisoire que mon père n'a jamais été buveur.

— Il est tout sauf ça, disait ma mère.

Fantaisie de jeunesse ? Peut-être. A moins que ce ne fût une façon de revanche sur les patrons de café, contre qui mon père éprouvait une certaine aversion qui s'étendait d'ailleurs aux patrons en général. C'est une explication possible.

* * *

Je reviens à *Luna-Park* où je me suis quelquefois bien égayé dans mon adolescence. Que fera-t-on de cette place vide ? Un stade ?

Il y avait les miroirs déformants dans quoi nous nous trouvions laids, le « Waterchute » que je n'ai jamais pris, le « scénic-railway » qui me rendait un peu malade, mais dont il était fort divertissant de suivre les évolutions. Après tout, ce n'était autre chose que des montagnes françaises perfectionnées. Ce qui me plaisait par-dessus tout, c'était d'entendre le long cri des femmes pendant la descente à pic. Où vont-elles maintenant pour faire cela ? Il y avait également une maison hantée ; quand on en sortait, on était pris dans un tourbillon violent qui soulevait les robes des dames. Là aussi, il était plus amusant de regarder attentivement. La vie me paraissait alors pleine de gentillesse, désopilante en un mot.

Et cette baraque devant laquelle j'ai stationné bien souvent, où l'on voyait deux créatures en chemises roses, mollement allongées sur un lit dans des poses voisines de l'abandon (du moins, nous le pensions). C'était déjà assez ensorcelant, mais il y avait plus, et mieux : le lit était à bascule, ou sur pivot, je ne puis préciser ce point. Et, si l'on touchait la mouche (un petit cercle rouge) au moyen d'une balle en chiffons, un mécanisme faisait se renverser le lit et culbuter la dame, la tête en avant, sur un matelas qui amortissait la chute. Nous étions quelques jeunes gens à nous énerver, un peu en retrait, avec un sourire ambigu, pendant que des messieurs s'obstinaient à viser la cible ; mais cela semblait très difficile à réussir. La baraque était très achalandée ; il faut croire que nous étions nombreux à n'avoir jamais vu, de près ou de loin, une femme en chemise rose tomber de son lit. J'aurais dû tenter ma chance ; là encore j'ai manqué d'audace, comme avec Jack Johnson. Et j'ai dû espérer des années avant qu'une dame consentît à exécuter, pour moi seul, des tours qui m'ont rappelé un peu ceux de *Luna-Park*, mais en moins brillant, sans projecteurs et aussi sans le même entrain de ma part.

Il est permis de se demander si ce que nous prenions pour des attitudes voluptueuses, n'était pas simplement l'expression de la jouissance que leur procurait un repos mérité entre deux dégringolades. Il y a des professions bien extraordinaires.

* * *

A peu de distance de là, se trouve la chapelle de Notre-Dame de la Compassion. On l'a bâtie en commémoration de la mort du duc d'Orléans (Ferdinand-Philippe-Louis-Charles-Henri) qui a eu lieu, tout à côté, route de la Révolte. Le duc s'est brisé la colonne vertébrale en sautant de sa voiture dont les chevaux s'étaient emballés. En 1842.

Le mausolée, en forme de croix latine, n'est pas beau ; il se délabre lentement, comme le reste ; mais il est parmi de grands arbres et la grille est couverte de lierre, et un oiseau sifflait joliment. L'air était exceptionnellement doux. Je me croyais loin de Paris, du présent, de *Luna-Park*... Marchant le long d'une plate-bande, j'ai découvert deux fraises des bois cachées sous des feuilles ; je les ai cueillies en tâchant de n'être pas surpris par la vieille chaisière. Elles étaient bonnes ; il n'y en avait que deux.

Et je me suis éloigné, en songeant au duc d'Orléans, sur qui je sais fort peu de chose. J'ai reconnu encore un petit café où mon père et moi allions, le dimanche matin, pour voir des combats de rats contre des fox-terriers, enfermés dans des cages. Nous les excitions par des cris. Le chien dévorait rageusement le rat. Au début du siècle, on avait un faible pour tout ce qui touchait au sport. L'endroit s'appelait le *Ratodrome*. Le percolateur de fer-blanc doit être d'époque, mais les combats sont prohibés (nous sommes devenus plus humains).

Deux Arabes m'ont accosté.

— Dis donc, m'a dit l'un d'eux, le métro, c'est loin ?

J'ai été d'autant plus ému par ce tutoiement inattendu que je me sentais porté vers la mélancolie, tout de même que le jour allait doucement vers le crépuscule du soir.

C'est en repassant, de la sorte, sa vie à l'encre, après l'avoir jetée hâtivement au brouillon, que l'on s'aperçoit des fautes que l'on a faites. Trop tard. Il n'est pas question de recommencer, puisqu'il est dit qu'on ne vit qu'une fois...

Le métro ? Non, il n'était pas loin... Moi aussi, j'allais y descendre...

* * *

Le ballon de la Défense (de Bartholdi) s'est envolé. Où ? A cet égard, nous avons été privilégiés au quatorzième arrondissement : on nous a laissé notre lion (du même Bartholdi).

Des souvenirs personnels, en poudre, en grains, des fragments d'histoire de France, des fraises des bois... voilà ce que l'on récolte en flânant à l'aventure dans Paris. En outre, si l'on fait attention vraiment, on perçoit à chaque pas la pulsation d'un grand cœur, sous sa semelle.

DU MÊME AUTEUR

Aux Éditions Gallimard

LA BELLE LURETTE, *roman.*

LE MÉRINOS, *roman.*

FIÈVRE DES POLDERS, *roman.*

LE BOUQUET, *roman.*

LE TOUT SUR LE TOUT, *mémoires.*

L'ITALIE À LA PARESSEUSE, *récit.*

MONSIEUR PAUL, *roman.*

UN GRAND VOYAGE, *roman.*

LES DEUX BOUTS, *document.*

PEAU D'OURS, *notes.*

L'IMAGINAIRE

GALLIMARD

Axée sur les constructions de l'imagination, cette collection vous invite à découvrir les textes les plus originaux des littératures romanesques française et étrangères.

Volumes parus

270. Roger Caillois : *Le fleuve Alphée.*
271. J. M. G. Le Clézio : *La guerre.*
272. Maurice Blanchot : *Thomas l'Obscur.*
273. Robert Desnos : *Le vin est tiré...*
274. Michel Leiris : *Frêle bruit* (*La règle du jeu,* IV).
275. Michel Leiris : *Fibrilles* (*La règle du jeu,* III).
276. Raymond Queneau : *Odile.*
277. Pierre MacOrlan : *Babet de Picardie.*
278. Jacques Borel : *L'Adoration.*
279. Francis Ponge : *Le savon.*
280. D. A. F. de Sade : *Histoire secrète d'Isabelle de Bavière, Reine de France.*
281. Pierre Drieu la Rochelle : *L'homme à cheval.*
282. Paul Morand : *Milady* suivi de *Monsieur Zéro.*
283. Maurice Blanchot : *Le dernier homme.*
284. Emmanuel Bove : *Départ dans la nuit* suivi de *Non-lieu.*
285. Marcel Proust : *Pastiches et mélanges.*
286. Bernard Noël : *Le château de Cène* suivi de *Le château de Hors – L'outrage aux mots – La pornographie.*
287. Pierre Jean Jouve : *Le monde désert.*
288. Maurice Blanchot : *Au moment voulu.*
289. André Hardellet : *Le seuil du jardin.*
290. André Pieyre de Mandiargues : *L'Anglais décrit dans le château fermé.*
291. Georges Bataille : *Histoire de l'œil.*
292. Henri Thomas : *Le précepteur.*
293. Georges Perec : *W ou le souvenir d'enfance.*
294. Marguerite Yourcenar : *Feux.*

295. Jacques Audiberti : *Dimanche m'attend.*
296. Paul Morand : *Fermé la nuit.*
297. Roland Dubillard : *Olga ma vache. Les Campements. Confessions d'un fumeur de tabac français.*
298. Valery Larbaud : *Amants, heureux amants...* précédé de *Beauté, mon beau souci...* suivi de *Mon plus secret conseil...*
299. Jacques Rivière : *Aimée.*
300. Maurice Blanchot : *Celui qui ne m'accompagnait pas.*
301. Léon-Paul Fargue : *Le piéton de Paris* suivi de *D'après Paris.*
302. Joë Bousquet : *Un amour couleur de thé.*
303. Raymond Queneau : *Les enfants du limon.*
304. Marcel Schwob : *Vies imaginaires.*
305. Guillaume Apollinaire : *Le flâneur des deux rives* suivi de *Contemporains pittoresques.*
306. Arthur Adamov : *Je... Ils...*
307. Antonin Artaud : *Nouveaux écrits de Rodez. Lettres au docteur Ferdière 1943-1946 et autres textes inédits* suivi de *Six lettres à Marie Dubuc 1935-1937.*
308. Max Jacob : *Filibuth ou la montre en or.*
309. J. M. G. Le Clézio : *Le déluge.*
310. Pierre Drieu la Rochelle : *L'homme couvert de femmes.*
311. Salvador Dali : *Journal d'un génie.*
312. D. A. F. de Sade : *Justine ou les malheurs de la vertu.*
313. Paul Nizan : *Le cheval de Troie.*
314. Pierre Klossowski : *Un si funeste désir.*
315. Paul Morand : *Les écarts amoureux.*
316. Jean Giono : *Rondeur des jours (L'eau vive I).*
317. André Hardellet : *Lourdes, lentes...*
318. Georges Perros : *Papiers collés,* III.
319. Violette Leduc : *La folie en tête.*
320. Emmanuel Berl : *Sylvia.*
321. Marc Bernard : *Pareils à des enfants.*
322. Pierre Drieu la Rochelle : *Rêveuse bourgeoisie.*
323. Eugène Delacroix : *Lettres intimes.*
324. Raymond Roussel : *Comment j'ai écrit certains de mes livres.*
325. Paul Gadenne : *L'invitation chez les Stirl.*

326. J. M. G. Le Clézio : *Voyage de l'autre côté.*
327. Gaston Chaissac : *Hippobosque au bocage.*
328. Roger Martin du Gard : *Confidence africaine.*
329. Henri Thomas : *Le parjure.*
330. Georges Limbour : *La pie voleuse.*
331. André Gide : *Journal des faux-monnayeurs.*
332. Jean Giono : *L'oiseau bagué (L'eau vive II).*
333. Arthur Rimbaud : *Correspondance 1888-1891.*
334. Louis-René Des Forêts : *Les mendiants.*
335. Joë Bousquet : *Traduit du silence.*
336. Pierre Klossowski : *Les lois de l'hospitalité.*
337. Michel Leiris : *Langage tangage ou ce que les mots me disent.*
338. Pablo Picasso : *Le désir attrapé par la queue.*
339. Marc Bernard : *Au-delà de l'absence.*
340. Jean Giono : *Les terrasses de l'île d'Elbe.*
341. André Breton : *Perspective cavalière.*
342. Rachilde : *La Marquise de Sade.*
343. Marcel Arland : *Terres étrangères.*
344. Paul Morand : *Tendres stocks.*
345. Paul Léautaud : *Amours.*
346. Adrienne Monnier : *Les gazettes.*
347. Guillaume Apollinaire : *L'Arbre à soie et autres Échos du* Mercure de France *(1917-1918).*
348. Léon-Paul Fargue : *Déjeuners de soleil.*
349. Henri Calet : *Monsieur Paul.*
350. Max Jacob : *Le terrain Bouchaballe.*
351. Violette Leduc : *La Bâtarde.*
352. Pierre Drieu La Rochelle : *La comédie de Charleroi.*
353. André Hardellet : *Le parc des Archers* suivi de *Lady Long Solo.*
354. Alfred Jarry : *L'amour en visites.*
355. Jules Supervielle : *L'Arche de Noé.*
356. Victor Segalen : *Peintures.*
357. Marcel Jouhandeau : *Monsieur Godeau intime.*
358. Roger Nimier : *Les épées.*
359. Paul Léautaud : *Le petit ami.*
360. Paul Valéry : *Lettres à quelques-uns.*

361. Guillaume Apollinaire : *Tendre comme le souvenir.*
362. J. M. G. Le Clézio : *Les Géants.*
363. Jacques Audiberti : *Les jardins et les fleuves.*
364. Louise de Vilmorin : *Histoire d'aimer.*
365. Léon-Paul Fargue : *Dîner de lune.*
366. Maurice Sachs : *La chasse à courre.*
367. Jean Grenier : *Voir Naples.*
368. Valery Larbaud : *Aux couleurs de Rome.*
369. Marcel Schwob : *Cœur double.*
370. Aragon : *Les aventures de Télémaque.*
371. Jacques Stephen Alexis : *Les arbres musiciens.*
372. André Pieyre de Mandiargues : *Porte dévergondée.*
373. Philippe Soupault : *Le nègre.*
374. Philippe Soupault : *Les dernières nuits de Paris.*
375. Michel Leiris : *Mots sans mémoire.*
376. Daniel-Henry Kahnweiller : *Entretiens avec Francis Crémieux.*
377. Jules Supervieille : *Premiers pas de l'univers.*
378. Louise de Vilmorin : *La lettre dans un taxi.*
379. Henri Michaux : *Passages.*
380. Georges Bataille : *Le Coupable* suivi de *L'Alleluiah.*
381. Aragon : *Théâtre/Roman.*
382. Paul Morand : *Tais-toi.*
383. Raymond Guérin : *La tête vide.*
384. Jean Grenier : *Inspirations méditerranéennes.*
385. Jean Tardieu : *On vient chercher Monsieur Jean.*
386. Jules Renard : *L'œil clair.*
387. Marcel Jouhandeau : *La jeunesse de Théophile.*
388. Eugène Dabit : *Villa Oasis ou Les faux bourgeois.*
389. André Beucler : *La ville anonyme.*
390. Léon-Paul Fargue : *Refuges.*
391. J. M. G. Le Clézio : *Terra Amata.*

Reproduit et achevé d'imprimer
par l'Imprimerie Floch
à Mayenne, le 11 octobre 1999.
Dépôt légal : octobre 1999.
1er dépôt légal dans la collection : avril 1984.
Numéro d'imprimeur : 47133.

ISBN 2-07-070115-8 / Imprimé en France.

93181